KB263633

좁은 문

세계교양전집 7

좁은 문

앙드레 지드 지음

김진형 옮김

올리버

앙드레 지드 André Gide

· 차례 ·

성경 문구들

좁은 문으로 들어가기를 힘쓰라.
멸망으로 인도하는 문은
크고 그 길이 넓어, 그리로 들어가는 자가 많고,
생명으로 인도하는 문은
좁고 협착하여 찾는 이가 적음이니라.

(마태복음 7장 13~14절)

너희는 먼저 하나님 나라와 그의 의를 구하라.

(마태복음 6장 33절)

사람을 의지하는 자에게 저주가 있을지어다.

(예레미야 17장 5절)

자기의 생명을 구하려고 하는 자는 잃을 것이다.

(누가복음 17장 33절)

이 사람들이 다 믿음으로 말미암아 증거를 받았으나 약속을 받지
못하였으니 이는 하나님이 우리를 위하여 더 좋은 것을 예비하셨은즉
우리가 아니면 저희로 온전함을 이루지 못하게 하려 하심이니라

(히브리서 11장 39~40절)

네가 가진 모든 것을 팔아 가난한 자에게 주라.

(누가복음 18장 22절)

들판에 피어 있는 백합을 생각하라 ...

(마태복음 6장 28절, 누가복음 12장 27절)

너희가 내 이름으로 내 아버지께 구하는 것은
무엇이든지 내가 시행하리니......

(요한복음 14장 13절)

이제 일어나라, 때가 다가왔으니......

(마태복음 26장 45~46절)

주여, 제가 이르지 못한 그 반석 위로 저를 인도하소서.

(시편 31장 3절)

다른 사람들이라면 지금부터 제가 하는 이 이야기만으로 충분히 책을 한 권 쓸 수도 있었을 것입니다. 그러나 제가 여러분에게 전하려는 이 이야기는, 제 온 힘과 정신을 기울여 살아왔기 때문에 기력이 모두 쇠잔해져 버린 이야기입니다. 그래서 저는 제가 기억하는 것을 꾸밈없이 매우 간략하게 기록할 것입니다. 만약 그 내용이 다소 조잡하더라도, 저는 어떤 창의적인 장식도 하지 않을 것이고, 이를 덧대거나 내용의 연결을 위해 꾸미는 그 어떤 것도 하지 않을 것입니다. 제가 이 이야기들을 꾸미기 위해 무엇인가 시도를 한다는 것은, 제가 이야기하는 것에서 얻고자 하는 마지막 즐거움을 앗아갈 것이기 때문입니다.

나는 열두 살도 채 되기 전에 아버지를 잃었습니다. 아버지가 의사로 일했던 르아브르*에는 어머니를 붙잡아둘 것이 아무것도 없었기 때문에, 어머니는 내가 더 나은 교육을 받을 수 있을 것이라고 생각하는 파리로 가기로 결심하셨습니다. 어머니는 뤽상부르 공원**근처에 있는 작은 아파트를 얻었고, 미스 플로라 애슈브르통과 함께 살게 되었습니다. 미스 플로라 애슈브르통은 일가친척이 하나도 없는 고아와 같은 신세였으며, 처음에는 어머니의 가정교사로 시작하였으나, 나중에는 어머니의 동반자이자 친구가 되었습니다. 나는 이 두 여성의 곁에서 어린 시절을 보냈는데, 그들은 나에게 똑같이 유순하고 슬픈 모습으로 기억하고 있으며, 두 분은 항상 애도하는 복장을 입고 있었습니다. 아버지가 돌아가신지 꽤 오랜 시간이 흐른 뒤라고 생각되는 어느 날 아침 어머니는 항상 모자에 검은색 리본을 달고 계셨었는데, 갑자기 연보라색 리본으로 바꾸셨습니다.

"아, 어머니! 그 색깔은 어머니에게 전혀 어울리지 않아요."

제가 외쳤습니다. 다음 날 아침에는, 검은색 리본이 다시 제자리로 돌아왔습니다.

제 건강은 그다지 좋지 못했습니다. 저의 어머니와 미스 애슈브르통은 항상 제가 아프지 않게 하려는 생각뿐이셨습니다. 제가

---

* 프랑스 노르망디 레지옹의 센마리팀 주에 위치한 항구 도시
** 파리의 제6구에 있는 공원. 뤽상부르 궁전에 딸린 프랑스식 정원으로 파리에서 가장 아름다운 공원으로 알려져 있음.

그들의 과한 보살핌으로 인해 게으른 사람이 될 수도 있었겠지만, 그렇게 되지 않은 것은 그것은 오로지 제가 공부에 대한 재미가 깊이 뿌리내려져 있기 때문일 것입니다. 화창한 여름 날씨가 시작되었을 무렵, 어머니와 미스 애슈브르통은 이 도시에선 제가 창백해진다고 여기서서 이 도시를 떠날 때가 되었다고 생각하셨습니다. 그래서 매년 6월 중순이 되면 우리는 여름을 뷔콜랭 외삼촌 댁에서 보내기 위해 르아브르 근처의 퐁그즈마르로 가기 시작했습니다.

뷔콜랭 외삼촌 가족의 집은 아주 크지도 않고 그리 훌륭하지도 않은 정원에 세워져 있으며, 다른 많은 노르망디 정원들과 구별할 만한 특별한 점이 없는 하얀 2층 건물로서, 18세기의 많은 전원주택들과 유사합니다. 정원의 앞쪽으로는 동쪽을 바라보는 큰 창문이 20개 있으며, 뒤쪽에도 같은 수의 창문이 있습니다. 측면에는 창문이 없습니다. 창문은 작은 유리로 되어 있으며, 최근에 교체된 일부는 오래된 유리들 사이에서 색상이 너무 밝게 보입니다. 나머지 오래된 유리들은 녹색 빛으로 매우 칙칙해 보입니다. 또한 유리에는 부모님이 '거품'이라고 부르던 홈이 있는 것도 있습니다. 이 유리를 통해 보이는 나무는 왜곡되어 보이며, 집배원이 지나갈 때 그는 갑자기 혹이 생기는 것처럼 보입니다.

정원은 직사각형이며 벽으로 둘러쳐져 있습니다. 집 앞쪽에 위치한 부분은 꽤 큰 그늘진 잔디밭으로, 그 주위에는 자갈길이 이 잔디밭을 둘러싸고 있습니다. 이쪽 벽은 낮아서 정원을 둘러싼

농가와 건물들 안을 볼 수 있습니다. 농가는 이 지방의 방식에 따라 너도밤나무가 늘어선 길로 경계를 이루고 있습니다.

집 뒤쪽에 해당하는 서쪽에는 정원이 시원하게 드넓게 펼쳐져 있습니다. 꽃들로 화사한 샛길인 산책로가 남쪽의 벽면을 따라 조성되어 있으며, 포르투갈 월계수 나무와 몇 그루의 나무들의 두터운 방풍벽에 의해 바다 바람으로부터 보호를 받고 있습니다. 북쪽 벽을 따라 이어지는 또 다른 산책로는 가지의 덩굴 속으로 사라집니다. 제 사촌들은 그 길을 '어두운 길'이라고 부르며 황혼이 진 후에는 그곳을 지나가지 않으려고 했습니다. 이 두 길은 텃밭으로 이어지며, 이곳은 아래층에 위치한 꽃 정원을 지나, 작은 계단을 통해 도달할 수 있습니다. 텃밭의 구석에는 비밀스럽게 잠금장치가 있는 작은 문이 있으며, 이 문을 지나면 벽 너머의 벌채림으로 이어집니다. 이 벌채림에서는 너도밤나무 길이 양쪽으로 닿아 있습니다. 서쪽 정문에 서면 이 나무 무리 위로 고원 너머의 훌륭한 농작물들의 경관을 바라볼 수 있습니다. 지평선에서 그리 멀지 않은 곳에 작은 마을의 교회가 보이며, 해질 무렵 바람이 고요할 때는 열두 가구들 중 절반인 여섯 가구에서 올라오는 연기를 볼 수 있습니다.

매우 아름다운 여름 저녁이면 식사 후에, 우리는 '아래 정원'으로 내려가곤 하였습니다. 우리는 작은 비밀의 문을 통해 나가서, 도로의 벤치까지 걸어갔으며, 그곳에서는 넓은 들을 바라볼 수 있었습니다. 거기서, 폐광이 된 이회암 채석장의 초가지붕 근처에 있는 벤치에 외삼촌과 어머니, 그리고 미스 애슈브르통이 앉아 계셨습니다. 우리 앞에는 안개로 가득 찬 작은 계곡이 있었고, 먼 숲 위쪽의 하늘이 황금빛으로 변하는 모습을 바라보았습니다. 그 후 우리는 이미 어두워진 정원의 깊숙한 곳에서 늦게까지 머물러 있곤 했습니다. 우리가 다시 집 안으로 들어갔을 때, 응접실에 있는 외숙모를 볼 수 있었습니다. 외숙모는 거의 우리와 함께 외출한 적이 없었습니다. 어린 우리들에게 저녁의 시간은 여기까지였습니다. 그러나 우리는 침실에서 늦은 시간에 어른들이 침대로 올라가는 소리를 들을 때까지 책을 읽곤 했습니다.

우리가 정원에서 보내지 않은 거의 매 시간은 '공부방'인 외삼촌의 서재에서 보냈습니다. 그곳에는 우리가 사용할 수 있도록 몇 개의 학교에서 사용하는 책상이 놓여 있었습니다. 나의 사촌동생인 로베르와 나는 나란히 앉아 공부를 했고, 우리의 뒤쪽에서는 줄리엣과 알리사도 앉아서 공부하고 있었습니다. 알리사는 나보다 두 살이 많고, 줄리엣은 한 살이 어렸으며, 로베르는 우리 네 명 중 가장 나이가 어렸습니다.

나는 여기에서 나의 어린 시절의 초기 기억에 대한 이야기를 쓰려는 것이 아니라, 오직 나의 이 이야기에 관련된 것들에 대해서만 쓰려고 합니다. 나의 이야기는 아버지의 죽음이 있던 바로 그 해에 시작되었다고 할 수 있습니다. 아마도 나의 감수성은 아버지의 죽음이라는 상실에 의해 과도하게 자극받았고, 그렇지 않더라도 어머니의 슬픔을 목격함으로써 그러한 상태에 놓이게 되었던 것 같습니다. 나의 이러한 감수성의 변화는 다양한 새로운 감정을 갖게 했으며 나를 조숙하게 만들었습니다. 그래서인지 그해에 우리가 퐁그즈마르에 갔을 때, 줄리엣과 로베르가 비교적 더 어리게 보였습니다. 그러나 알리사를 보았을 때, 나는 갑자기 우리가 더 이상 어린이가 아니라는 것을 깨닫게 되었습니다.

그렇습니다, 그것은 분명히 아버지가 돌아가신 해였습니다. 내 기억은 우리가 도착한 직후 어머니와 미스 애슈브르통 사이에 나눈 대화로 확인됩니다. 나는 어머니와 친구인 미스 애슈브르통이 이야기를 나누고 있는 방에 아무 생각 없이 불쑥 들어갔습니다. 그들의 대화 주제는 나의 외숙모에 관한 것이었습니다. 어머니는 외숙모가 상복을 입지 않았거나 입었더라도 너무 빨리 벗은 것에 대해 불쾌해하셨습니다. (솔직히 말하자면, 나에게는 뷔콜랭 외숙모의 검은색 옷을 입은 모습을 상상하는 것이 마치 어머니가 화려한 색을 입은 모습을 상상하는 것만큼이나 힘든 일이었습니다.) 우리가 도착한 바로 그 날, 내가 기억하는 한, 뤼실 뷔콜랭 외숙모는 모슬린*으로 만들어진 옷을 입고 있었습니다. 언제나와 같이 중재적인 역할을 하는 미스 애슈브르통은 어머니를 다독이려고 조심스럽게 말하고 있었습니다.

"결과적으로, 흰색도 또한 상복 차림이라고 할 수 있죠."

"그녀의 어깨에 두른 빨간 스카프도 상복이라고 부르지 그래

---

* 속이 거의 다 비치는 고운 면직물

요? 플로라, 당신은 나를 더욱 화나게 만드는 군요.”

제 어머니께서 뽀로통한 투로 말씀하셨습니다.

나는 여름방학 동안에만 외숙모를 볼 수 있었습니다. 제가 항상 기억하는 외숙모의 옷차림은 따뜻한 더운 여름 때문인지 투명하고 가슴골이 깊게 파인 블라우스 차림이었다는 것입니다. 외숙모가 벌거벗은 어깨 위에 걸친 스카프의 화려한 색깔보다도, 저희 어머니를 더욱 화나게 한 것은 가슴골이 너무 깊게 파인 옷차림이었습니다.

뤼실 뷔콜랭 외숙모는 아주 아름다웠습니다. 저는 지금 외숙모의 작은 초상화를 소장하고 있습니다. 그 초상화 속의 외숙모는 얼마나 젊어 보이던지, 마치 딸들의 언니로 착각할 수도 있을 정도입니다. 외숙모는 일상적인 자세로 비스듬히 옆으로 앉아서, 왼손에 갸우뚱 하는 듯 턱을 받치고, 약간 점잖을 떠는 듯한 모습으로 오른손 새끼손가락을 입술 쪽으로 구부리고 있습니다. 외숙모의 머리카락은 풍성한 곱슬머리로 커다란 메쉬망*으로 잡혀 있으며, 그 일부는 목 위로 흐트러져 떨어져 있습니다. 또한 외숙모의 저고리 앞섶 움푹 팬 목 부분에 있는 느슨하게 묶인 검은 벨벳 목걸이에는 이탈리아식 모자이크로 장식된 로켓**이 걸려 있습니다. 넓은 매듭이 흔들거리고 있는 검은색 벨벳*** 허리띠, 의

---

* 머리카락이 흐트러지지 아니하도록 머리 위에 쓰는 그물망
** 여자 장신구의 하나. 사진이나 기념품, 머리카락 따위를 넣어 목걸이에 다는 작은 갑
*** 거죽에 곱고 짧은 털이 촘촘히 돋게 짠 비단

자등받이에 모자 끈으로 걸어 두던 넓은 차양의 부드러운 밀짚모자, 이러한 모든 것들이 외숙모의 실제 모습을 더욱 앳돼 보이게 하는 느낌을 더해 줍니다. 또한 옆으로 늘어뜨린 오른손은 펴 본 적이 없는 것 같은 책을 들고 있습니다.

뤼실 뷔콜랭 외숙모는 식민지(서인도계 가문) 출신이었습니다. 그녀는 아버지와 어머니를 전혀 알지 못했거나 아버지와 어머니를 너무 일찍 여의어서 모르는 것처럼 보입니다. 나중에 어머니께서 들려주신 이야기로는 그녀가 고아였거나 아님 아마도 버림받았을 때, 그때까지 자녀가 없던 목사 보띠에와 그의 아내에게 맡겨졌다고 말씀하셨습니다. 그들은 마르띠니끄*를 얼마 지나지 않아 떠나 그녀를 데리고 르아브르로 갔으며, 그곳에서는 뷔콜랭 가족이 정착해 살고 있었습니다. 보띠에 부부와 뷔콜랭 가족은 서로 자주 만나곤 하였습니다. 그 당시 제 외삼촌은 해외의 한 은행에서 근무하고 있었으며, 그로부터 3년이 지난 후에 그가 가족과 함께 지내기 위해 귀국했을 때, 그는 어린 뤼실을 처음 보게 되었습니다. 외삼촌은 그녀와 사랑에 빠졌고, 즉시 그녀에게 청혼을 했습니다. 이는 그의 부모님과 저의 어머니에게 큰 슬픔을 안겼습니다. 그 때 뤼실은 16살이었습니다. 그 사이에 보띠에 부인은 두 아이를 낳았고, 그녀는 점점 이상하게 발전하고 있는 양녀가 자기 자식들에게 미칠 영향에 대해 불안해하기 시작했습니다.

---

* 서인도 제도 남동부의 프랑스령 섬

게다가, 가정 내 상황 또한 어려운 형편이었습니다. 어머니께서는 왜 보띠에 가문이 외삼촌의 청혼을 그토록 기쁘게 받아들였는지를 설명하기 위해 저에게 이 모든 것을 말씀하신 것입니다. 제 개인적인 생각으로는, 뤼실 양이 점점 사춘기에 접어들면서 그들을 몹시 당혹스럽게 했던 것 같습니다. 저는 르아브르 사교계에 대해 충분히 알고 있어서, 그런 매력을 지닌 소녀에게 사람들이 어떤 환대를 했을 지를 상상할 수 있습니다. 보띠에 목사는 신중하면서도 순진한 부드러운 사람이었으며, 속임수에 대한 대처 능력이 없고 악에 대해 전혀 방어할 수 없는 무력한 존재였다는 것을 나중에 알게 되었습니다. 이 어진 목사는 이미 한계에 다다랐던 것 같습니다. 보띠에 부인에 대해서는 말씀드릴 것이 없습니다. 그녀는 제 또래의 네 번째 아이를 출산하다가 사망하셨고, 그 아이는 나중에 저의 친구가 되었습니다.

뤼실 뷔콜랭 외숙모는 우리 삶에 거의 참여하지 않았습니다. 그녀는 점심 식사가 끝난 후에야 방에서 내려왔고, 그 후 즉시 소파나 해먹에 누워 저녁까지 그 자리를 떠나지 않았습니다. 저녁때가 되면 그녀는 따분해서 지친 듯이 기운이 없게 일어났습니다. 가끔 그녀는 이마에 손수건을 올려 마치 보이지 않는 습기를 닦아내는 듯한 행동을 했으나, 그녀의 피부는 매끄럽고 순수함의 완벽한 상태였습니다. 그녀의 손수건은 섬세함과 향기로 저를 감탄하게 했고, 그 향기는 꽃보다 과일의 향기에 더 가까웠습니다. 때때로 그녀는 허리에서 다양한 다른 물건들과 함께 그녀의 시계 줄에 매달려 있는 은제 뚜껑이 달린 작은 거울을 꺼내곤 했습니다. 그녀는 거울을 통해 자기 모습을 보면서 입술에 손가락을 적신 후, 눈초리를 축이는 것이었습니다. 그녀는 자주 책을 들고 있었지만, 거의 항상 닫혀져 있었으며, 책 속에는 거북이 껍질로 만든 책갈피가 끼워져 있었습니다. 누군가가 그녀에게 다가가더라도 그녀는 몽상에 취해 바라보지 않았습니다. 종종 그녀의 부주의하거나 나른해진 손에 들고 있던 소파의 팔걸이나 드레스의 주름에서 그녀의 손수건, 또는 그녀의 책, 또는 꽃, 또는 책갈피가 바닥에 떨어지곤 했습니다. 어느 날 제가 그녀의 책을 주웠는데-제가 여러분께 지금 말씀드리고 있는 것은 어린 시절의 기억입니다.-그것이 시집이라는 것을 알고는 부끄러워서 얼굴을 붉혔습니다.

저녁 식사 후, 뤼실 뷔콜랭 외숙모는 우리 가족 파티에 참여하지 않고 피아노에 앉아 쇼팽의 느린 마주르카* 중 하나를 연주하며 일종의 평온한 기쁨을 느꼈습니다. 때때로 그녀는 악절을 무시하고 한 마디 중간에 연주를 멈추고, 코드 위에 정지된 듯 움직이지 않고 앉아 있기도 했습니다.

나는 외숙모와 함께 있을 때 야릇한 불편함을 경험하곤 했습

---

* 3박자의 폴란드 민속춤곡. 속도는 보통 혹은 약간 빠르게이며, 2박 또는 3박에 종종 예리한 악센트가 붙음

니다. 그것은 불안과 동요, 그리고 일종의 존경과 공포가 뒤섞인 혼란스러운 느낌이었습니다. 어쩌면 어떤 모호한 본능이 그녀를 경계하게 만들었을지도 모릅니다. 그리고 나는 외숙모가 미스 플로라 애슈브르통과 나의 어머니를 경멸한다고 느꼈고, 미스 애슈브르통은 외숙모를 두려워하며, 나의 어머니는 외숙모를 좋아하지 않고 있다고 느끼고 있었습니다.

뤼실 뷔콜랭 외숙모, 더 이상 나는 악의를 품지 않기를 바랍니다. 제게 얼마나 많은 상처를 주었는지를 잠시라도 잊을 수 있기를 바랍니다. … 어쨌든, 저는 외숙모에 대해 아무런 분노도 없이 이야기하려고 노력하겠습니다.

그해 여름의 어느 날—혹은 다음 여름의 어느 날일 수도 있습니다. 설정된 장소는 언제나 변함없이 똑같은 배경이었기에, 저의 기억은 가끔 겹치고 혼란스러워지곤 했습니다.—제가 서재에 들어가 책을 한 권 가져오려고 했을 때, 외숙모가 거기에 있었습니다. 제가 다시 되돌아 나오려고 했을 때, 평소에는 저를 보이지 않는 것처럼 여겼던 외숙모가 저를 부르셨습니다.

"왜 이렇게 빨리 나가는 거니, 제롬? 내가 두렵니?"

나는 심장이 쿵쾅쿵쾅 뛰는 것을 느끼며 외숙모에게 가까이 다가갔습니다. 나는 억지로 미소를 지어보이며 손을 내밀었습니다. 외숙모는 한 손으로는 제 손을 잡고 다른 한 손으로는 제 뺨을 어루만졌습니다.

"너의 어머니는 어쩜 이렇게 흉하게 옷을 입히니, 정말 가엾은 것!"

외숙모가 말했습니다.

그 당시 나는 넓은 깃이 있는 일종의 세일러복을 입고 있었으며, 외숙모는 나의 넓은 깃을 잡고 만지작거리기 시작했습니다.

"세일러복의 깃은 훨씬 더 넓게 젖혀 입는 거야."

외숙모가 내 셔츠의 단추를 풀며 말했습니다.

"봐, 이렇게 하면 훨씬 더 낫지 않아!"

그리고 외숙모는 작은 거울을 꺼내 내 얼굴을 자신의 얼굴로 끌어당기며, 내 목에 드러낸 팔을 두르고, 반쯤 벌려진 내 셔츠 안으로 손을 넣고 웃으며 내게 간지럼을 타는지 물었습니다. 계속해서 내 셔츠 속으로 손을 더 깊숙이 밀어 넣었습니다. …… 나는 너무 깜짝 놀라서 벌떡 일어나는 바람에 셔츠가 찢어졌습니다. 얼굴이 불타오르며 붉게 달아올랐습니다.

"오! 저런 바보!"

외숙모가 외치는 소리를 뒤로 남기고 나는 몸을 빼 달아났습니다.

정원의 구석까지 서둘러 달려갔고, 거기서 손수건을 작은 물통에 적셔 이마를 닦았습니다. 닦고 문지르면서, 외숙모에게 닿았던 볼, 목 등 나의 모든 부분을 깨끗이 문질러 닦았습니다.

가끔 뤼실 뷔콜랭 외숙모가 '발작'을 하는 날이 있었습니다.

그 날은 갑자기 찾아왔고 집안은 통째로 뒤집혔습니다. 미스 애슈브르통은 아이들이 놀라지 않도록 서둘러 그들의 주의를 다른 데로 돌리려고 했으나, 침실이나 응접실에서 나오는 끔찍한 비명 소리를 억누르거나 듣지 못하게 할 수는 없었습니다. 제 외삼촌은 미친 사람처럼 동요하셨고, 통로를 뛰어다니며 수건과 오드 꼴로뉴*, 에테르를 가져오라는 소리를 들었습니다. 저녁 식사 시간에, 외삼촌은 아직 외숙모가 나타날 수 없는 상황이 되자 걱정스러운 표정과 함께 나이를 더한 듯 보였습니다.

발작이 거의 끝났을 때, 뤼실 뷔콜랭 외숙모는 아이들을 부르곤 했습니다. 로베르와 줄리엣만 부르고 알리사는 결코 부르지 않았습니다. 그런 슬픈 날들에 알리사는 자신의 방에 틀어박혀 있었고, 때때로 그녀의 아버지가 그녀를 찾아오곤 했습니다. 그녀의 아버지는 자주 알리사와 이야기를 나누곤 하였습니다.

외숙모의 발작은 하인들에게 큰 인상을 남겼습니다. 어느 날 저녁, 발작이 특히 심할 때면 나는 어머니와 함께 어머니의 방에 있었습니다. 그곳에서는 응접실에서 벌어지는 일들이 훨씬 덜 들렸습니다. 그때 우리는 식모가 복도를 뛰어오르며 외치는 소리를 들었습니다.

"주인님, 주인님, 어서 빨리 내려오세요! 저의 불쌍한 마님께서

---

* 연한 향수의 일종. 화장수의 하나로 원래는 1709년 무렵에 독일의 쾰른에 사는 이탈리아 사람이 만든 향수였다. 알코올 수용액과 향유(香油)를 섞어 만든 것으로, 상쾌한 감귤류의 향내가 남

돌아가시려고 해요."

외삼촌은 알리사의 방에 올라가 있었고, 어머니는 외삼촌을 부르러 나갔습니다. 15분 정도 지난 후, 내가 남아 있던 어머니의 방 열려 있는 창문을 통해 그들이 내려가면서 이야기하는 소리를 들을 수 있었으며, 어머니의 목소리가 저에게 들려왔습니다.

"내가, 내가 생각하는 것이 무엇인지 말해 볼까? 모든 것이 연극이야."

어머니는 그 단어를 여러 번 반복하며 각 음절을 강조했습니다.

"연극이야."

이 같은 일은 여름 방학이 거의 끝나갈 무렵과 아버님이 돌아가신지 2년이 지난 시점에 일어났습니다. 저는 외숙모를 더는 자주 볼 수 없었습니다. 우리 가족의 삶을 파괴한 불행한 그 사건은 최종적으로 재앙이 발생하기 전의 작은 사건에 의해 촉발되었으며, 그 사건은 제가 지금까지 뤼실 뷔콜랭 외숙모에게 느껴왔던 불확실하고 복잡한 감정을 순수한 증오로 바꾸어 놓았습니다. 그러나 이를 이야기하기 전에 먼저 외사촌 누이에 대해 말씀드려야 할 때가 된 듯싶습니다.

알리사 뷔콜랭이 아름다웠다는 것은 내가 아직 그 당시에는 느끼지 못한 점입니다. 나는 단순한 아름다움 외에 다른 어떤 매력에 이끌리고 사로잡혔습니다. 알리사는 확실히 외숙모와 많이 닮기는 했지만, 그녀의 눈빛은 외숙모와 너무나 달라서 나중에야 닮았다는 점을 알게 되었습니다. 나는 알리사의 얼굴을 전혀 묘사할 수가 없습니다. 그녀의 얼굴 윤곽은 물론 심지어 눈동자의 색조마저도 전혀 생각이 나지 않습니다. 나는 다만 그 무렵 수심이 가득한 그녀의 미소 짓는 표정, 그리고 그녀의 눈썹의 선-그것은 그녀의 눈에서 매우 멀리 올라가서 커다란 원을 형성하고 있습니다.-만을 기억할 수 있습니다. 나는 어디에서도 그런 눈썹의 선을 본 적이 없습니다. …… 잠깐! 단테 시대의 피렌체의 조각상*이 있습니다. 나는 베아트리체**가 어린 시절에 그녀처럼 넓게 아치형 눈썹을 가졌다고 생각합니다. 그 눈썹은 그녀의 눈매, 그녀의 몸 전체에 불안하면서도 자신감이 넘치는 질문의 표현을 부여했습니다.-그렇습니다, 열정적인 질문의 표현을 만들어주었습니다. 그녀 내부의 모든 것이 질문이며, 기다림이었던 것입니다. …… 여러분은 이런 질문이 어떻게 나를 사로잡았고, 내 삶이 되었는지를 듣게 될 것입니다.

그럼에도 불구하고 줄리엣이 더 아름답다고 여겨질 수도 있었을 것입니다. 기쁨과 건강의 찬란함이 줄리엣에게 깃들어 있었지만, 그녀의 이 아름다움은 언니인 알리사의 우아함과 비교했을

---

* 르네상스 예술의 정수를 담은 작품들로, 시뇨리아 광장과 아카데미아 미술관에 집중되어 있음
** 이탈리아 피렌체의 귀부인(1265~1290). 단테가 사모한 여인으로, 《신곡》에서 이상적 여성으로 묘사되었음

때 외형적인 것이었고, 첫눈에 누구에게나 드러나는 것처럼 보였습니다. 외사촌 동생인 로베르에 대해서는 그리 특별히 구별할 만한 것이 없었습니다. 단지 나와 같은 나이쯤 되는 소년일 뿐이었습니다. 나는 로베르와 줄리엣과는 함께 어울려 놀곤 했으며, 알리사와는 대화를 나누었습니다. 알리사는 우리들의 놀이에 거의 끼지 않았습니다. 내가 아무리 먼 과거를 더듬어 기억해 보더라도, 알리사는 항상 진지하고, 부드럽게 미소 지으며, 명상에 잠겨 무언가를 생각하는 듯한 모습이었습니다. 우리는 무엇에 대해 이야기했을까요? 두 어린 아이가 무엇에 대해 이야기할 수 있었을까요? 잠시 후 그것에 대해 이야기해 보겠지만, 먼저 다시는 외숙모의 이야기가 나오지 않도록 외숙모에 대한 이야기를 마쳐야겠습니다.

아버지가 돌아가신지 2년 쯤 되던 해, 어머니와 나는 르아브르에서 부활절 연휴를 보냈습니다. 우리는 상대적으로 공간이 좁은 외삼촌인 뷔콜랭 가정에서는 머물지 않고, 상대적으로 집이 훨씬 넓은 큰 이모와 함께 지냈습니다. 플랑티에 큰 이모는 제가 자주 만날 기회가 없었던 분으로, 이미 오래 전부터 홀로 과부로 지내고 계셨습니다. 나는 이존사촌 지간인 플랑티에 큰 이모의 자녀들에 대해서는 거의 알지 못했습니다. 그들은 나보다 훨씬 나이도 많고 나와는 성격도 매우 달랐습니다.

'플랑티에 댁'이라고 불리는 큰 이모네 집은 실제로 마을에 있지 않고, 마을이 내려다보이는 '산기슭'라는 작은 언덕의 중턱에 위치해 있었습니다. 뷔콜랭 외삼촌 가족은 상업 지구에 살고 있었으며, 큰 이모네 집에서 뷔콜랭 외삼촌 집까지 몇 분이면 도달할 수 있는 가파른 지름길이 있었습니다. 저는 하루에도 여러 번 그 길을 오르락내리락 하곤 했습니다.

그날, 나는 외삼촌댁에서 점심을 먹었습니다. 식사가 끝난 후, 외삼촌은 바로 나갔고, 나는 외삼촌을 따라 사무실까지 동행한 후 플랑티에 큰 이모 집으로 올라가 어머니를 데리러 갔습니다. 그런데 그곳에서 어머니가 큰 이모와 나가서서 저녁 시간까지 돌아오지 않을 것이라는 이야기를 들었습니다. 나는 즉시 다시 시내로 내려갔습니다. 내가 혼자 시내를 마음껏 돌아다니는 것은 매우 드문 일이었습니다. 나는 안개가 짙은 항구로 가는 길을 찾았고, 한 시간 정도 부두에서 어슬렁거렸습니다. 그러다가 갑자기 알리사를 놀라게 해주고 싶다는 욕구가 생겼습니다. 사실, 나는 알리사를 지금 막 보고 온 것이었습니다. 나는 시내를 가로질러 달려가 뷔콜랭 외삼촌댁의 초인종을 눌렀습니다. 내가 층계의 계단을 올라가려는 순간, 나를 들어오게 해준 하녀가 나를 멈추게 했습니다.

"올라가지 마세요, 제롬 도련님. 올라가지 마세요! 마님이 발작을 일으키셨어요."

그러나 나는 하녀를 지나쳤습니다.

"내가 보러 온 것은 외숙모가 아니야…"

알리사의 방은 3층에 있었습니다. 1층에는 응접실과 식당이 있었고, 2층에는 목소리가 들려오는 외숙모의 방이 있었습니다. 내가 지나가야 할 문은 열려 있었고 방에서 나오는 빛이 계단에 내리비추고 있었습니다. 나는 보일까 두려워 잠시 주저하다가 어둠 속으로 물러섰습니다. 그때 내가 목격한 것은 말로 표현할 수 없는 광경으로 어안이 벙벙해졌습니다. 외숙모는 방 한가운데 있는 소파에 누워 있었고, 커튼은 쳐져 있었으며, 두 개의 촛대에서 나오는 밝은 빛이 방을 비추고 있었습니다. 로베르와 줄리엣이 그녀의 발치에 있었고, 그녀의 뒤에는 중위 제복을 입은 낯선 젊은이가 있었습니다. 두 아이의 존재는 오늘날 나에게 괴물처럼 망측하게 느껴집니다. 그 당시 내 순진한 생각으로는 그것이 오히려 안심이 된다고 생각했습니다. 그들은 웃으며 낯선 사람을 쳐다보고 있었고, 그는 커다란 목소리로 이야기를 하고 있었습니다.

"뷔콜랭! 뷔콜랭! … 만약 내가 애완용으로 양을 기른다면, 나는 반드시 그 이름을 뷔콜랭이라고 부를 거야."

외숙모는 스스로 웃음을 터뜨렸습니다. 외숙모가 낯선 젊은이에게 불을 붙이기 위해 담배를 내미는 것을 보았습니다. 낯선 젊은이가 불을 붙여주자, 외숙모는 몇 모금 피운 후 그것을 바닥에 떨어뜨렸습니다. 낯선 젊은이는 급히 앞으로 나아가 담배를 주워 들고, 스카프에 발이 걸린 척 하며 넘어져 외숙모 앞에 무릎을 꿇었습니다. 이 우스꽝스러운 연극 덕분에 나는 눈에 띄지 않고 빠져나갈 수 있었습니다.

마침내 나는 알리사의 방문 바로 밖에 서 있었습니다. 잠깐 동안 기다렸습니다. 아래층에서 웃음소리와 떠들썩한 목소리가 들려왔고, 아마도 이것이 내가 방문을 두드린 소리를 덮어버렸는지 아무런 반응이 없었습니다. 즉 아무 대답도 듣지 못했습니다. 나는 방문을 조심스럽게 밀었고, 조용히 방문이 열렸습니다. 방은 너무 어두워서 나는 알리사를 즉시 알아볼 수가 없었습니다. 알리사는 침대 곁에 무릎을 꿇고 있었습니다. 그녀의 뒤에 있는 창문을 통해 날이 저무는 희미한 불빛이 새어들어 왔습니다. 내가 가까이 다가가자, 알리사는 일어나지 않고 돌아보면서 중얼거렸습니다.

"오, 제롬, 왜 다시 돌아왔어?"

나는 알리사의 얼굴에 입맞춤을 하려고 몸을 구부렸습니다. 알리사의 얼굴은 눈물로 얼룩져 있었습니다. ……

나의 일생은 그 순간에 의해 결정되었으며, 오늘날까지도 나는 그 순간을 생각할 때마다 고뇌의 고통을 느끼지 않을 수 없습니다. 나는 알리사가 슬픔에 빠진 원인을 아주 어렴풋이나마 이해했지만, 그 슬픔이 알리사 작은 떨리는 영혼과 연약한 몸, 흐느끼며 흔들리는 몸에는 너무나 벅차다는 것을 뼈저리게 느꼈습니다.

나는 알리사 곁에 서 있었으며, 알리사는 여전히 무릎 꿇고 있었습니다. 나는 내 마음 속에서 일어나는 이 낯선 감정을 어떻게 표현할 수는 없었지만, 나는 알리사의 머리를 내 가슴으로 감싸 안고, 내 입술을 알리사의 이마에 대고 있었습니다. 그 순간 내 모든 영혼이 알리사를 통해 흘러넘쳤습니다. 사랑에 취하고, 연민에 젖어, 열정, 자기희생, 미덕이 뒤섞인 상태에서 나는 온 힘을 다해 하나님께 기도했습니다. 나는 그분께 나 자신을 바치기로 결심했습니다. 내 삶의 목적이 두려움, 악, 그리고 삶으로부터 알리사를 보호하는 것 외에는 존재할 수 없다는 것이었습니다. 마침내 나는 무릎을 꿇었고, 내 모든 존재는 기도로 가득 차 있었습니다. 나는 알리사를 보호하듯 끌어안고 있었으며, 어렴풋이 알리사가 말하는 소리를 들었습니다.

"제롬! 그들이 너를 보지 못했지? 오! 빨리 가봐. 그들이 너를 봐서는 안 돼."

알리사는 더욱 낮은 목소리로 말했습니다.

"제롬, 아무에게도 말하지 마. 불쌍한 아버지는 이 사실을 모르고 계시니까……."

나는 어머니께조차도 아무 것도 말하지 않았지만, 어머니와 플랑티에 큰 이모 사이에서 계속되는 끝없는 속삭임, 두 여인의 신비로운, 몰입된, 고통스러운 표정, 그리고 내가 그들의 대화에 귀를 기울일 때마다 나를 떨쳐내기 위해 온화하게 내쫓는 말을 하곤 했습니다.

"얘, 저리 가서 놀아라!"

어머니와 플랑티에 큰 이모는 뷔콜랭 가족의 비밀에 대해 전적으로 모르고 있지만은 않다는 것을 내게 보여주는 것이었습니다.

우리가 파리로 돌아오자마자 전보가 제 어머니를 다시 르아브르로 되돌아오게 만들었습니다. 외숙모가 도망쳤다는 것이었습니다.

"누구와 함께 도망쳤나요?"

나는 어머니가 나를 맡긴 미스 애슈브르통에게 물었습니다.

"얘, 그건 너의 어머니께 물어봐야 해요. 나는 아무것도 말할 수가 없어요."

이 사건에 당혹감을 느끼고 있는 우리의 소중한 오랜 친구인 미스 애슈브르통이 말했습니다.

이틀 후, 미스 애슈브르통과 나는 어머니와 재회하기 위해 르아브르로 출발했습니다. 그날은 토요일이었습니다. 다음 날 교회에서 나는 외사촌들을 만날 예정이었고, 그것에 대한 생각으로 내 마음이 가득 채워져 있었습니다. 어린 나의 생각으로는 외사촌과의 재회가 신성한 교회에서 이루어진다는 것에 대해 커다란 의미를 부여했습니다. 결국, 나는 외숙모에 대해서는 별 관심이 없었고, 어머니에게 물어보지 않는 것이 더 낫겠다고 여겼습니다.

그날 아침 그 작은 예배당에는 많은 사람들이 없었습니다. 분명히 의도적으로, 보띠에 목사님은 설교 주제를 그리스도의 말씀인 '좁은 문으로 들어가기를 힘쓰라'를 선택하였습니다.

알리사는 나보다 몇 좌석 앞에 앉아 있었습니다. 나는 알리사의 옆얼굴을 보았습니다. 너무나 집중해서 바라보았기 때문에 내 자신을 잊게 되는 듯 했습니다. 마치 알리사를 통해 내가 그토록 열렬히 듣고 있는 목사님의 말을 듣고 있는 것 같았습니다. 외삼촌은 어머니 옆에 앉아 울고 계셨습니다.

목사님은 먼저 전체 구절을 읽었습니다.

"좁은 문으로 들어가기를 힘쓰라. 멸망으로 인도하는 문은 크고 그 길이 넓어, 그리로 들어가는 자가 많고, 생명으로 인도하는 문은 좁고 협착하여 찾는 이가 적음이니라."

(마태복음 7장 13~14절)

그 다음, 주제를 다른 제목들과 명백하게 구분하면서 보띠에 목사는 먼저 넓은 길에 대해 이야기했습니다. …… 꿈을 꾸는 듯한 정신이 혼미한 상태에서, 나는 뤼실 뷔콜랭 외숙모의 방을 회상했습니다. 나는 외숙모가 소파에 누워 웃고 있는 모습을 보았고, 또한 그 화려한 군복을 입은 장교도 같이 웃고 있는 모습을 보았습니다. …… 그리고 웃음과 기쁨의 개념 자체가 범죄이자 모욕적인 것으로 생각되었고, 마치 죄의 혐오스러운 과장인 것처럼 느껴졌습니다!

"그리로 들어가는 자가 많고"라고 보띠에 목사님이 계속 말했습니다. 목사님이 성경 구절을 자세히 설명하는데, 화려하게 차려입고 웃고 있는 다수의 군중 무리가 싱글벙글거리면서 행렬로 나아가는 모습을 보았습니다. 나는 그들의 행렬에 동참해서 함게 할 수도 없었지만 꼭 함께 해야 할 필요성을 느끼지도 않았습니다. 그들과 함께하는 모든 걸음이 나를 알리사로부터 점점 멀어지게 할 것이라는 것을 느꼈기 때문입니다. 그러고 나서 보띠에 목사님은 그의 인용문의 처음 단어를 다시 끄집어냈고, 나는 우리가 힘써 들어가야 할 좁은 문을 보았습니다. 나는 꿈에 빠져 있는 그 순간 그 문을 상상했습니다. 그것은 내가 힘을 들여 그리고 극도의 고통을 느끼며 통과해야 하는 일종의 압연기와 같았습니다. 그러나 그 안에는 또한 천상의 행복을 미리 맛보며 들어가는 것이라고 생각했습니다. 그리고 다시 그 문은 알리사의 방문이 되는 것이었습니다. 나는 그 문에 들어서기 위해 나는 나 자신을 꼭 짜내야 했습니다. 내 안에 있는 이기심을 모두 짜내어 비워냈습니다. ……

"생명으로 인도하는 문은 좁고" 보띠에 목사님이 계속했습니다. 이윽고 나는 모든 고행을 넘어, 모든 슬픔을 초월하여, 내 영혼이 이미 갈망하고 있던 바로 그 기쁨, 순수하고 천사적인 신비함을 상상하고 예감했습니다. 나는 이 기쁨을 날카롭고 부드러운 바이올린의 노래처럼 상상했습니다. 동시에 알리사와 나의 심장이 타오르는 듯한 불꽃의 날카롭고 격렬함을 상상했습니다. 우리는 함께 묵시록*에서 언급된 그 하얀 예복을 입고, 서로의 손을 잡고, 같은 목표를 바라보며 앞으로 나아가는 것이었습니다. ……

---

* 요한계시록

만약 이러한 유치한 어린애들의 꿈들이 미소를 자아내게 한다고 하더라도 그게 내게 무슨 상관이 있겠습니까? 나는 거짓 없이 사실을 그대로 이야기 하고 있는 것입니다. 단지 불명확하게 보이는 점이 있다면 그것은 완벽하게 명확한 감정을 전달하기 위한 충분하지 않은 단어와 불완전한 이미지를 사용하고 있기 때문입니다.

"찾는 이가 적음이니라"라고 보띠에 목사님께서 말씀의 끝을 맺었습니다. 목사님은 어떻게 좁은 문을 찾을 수 있는지 그 방법을 설명했습니다. ……

'찾는 이가 적음이니라'

나는 그들 중 하나가 되고 싶습니다. ……

설교가 끝날 즈음, 나는 도덕적 긴장이 극에 달하여, 알리사를 만나보려는 시도조차 하지 않고, 예배가 끝나자마자 자존심 때문에 예배당을 도망쳐 나왔습니다. 나는 이미 나의 결심(나는 이미 결심을 굳혔습니다.)을 시험해보고 싶었고, 그렇게 하는 것이 알리사에게 가장 잘 어울릴 것이라고 생각했기 때문입니다.

2

이 엄격한 가르침은 그 의무를 수행할 준비가 되어 있을 뿐만 아니라 본질적으로 그 의무에 대해 합당한 하나의 영혼을 발견한 것이었습니다. 더불어 아버지와 어머니가 내게 보여주신 본보기는 내 마음의 초기 충동에 대한 청교도적인 규율과 합치되어, 내가 '미덕'이라 부르는 것에 더욱 이끌리게 했습니다. 자기 통제는 다른 이들에게 자기 탐닉이 자연스러운 것처럼 나에게 있어서는 매우 자연스러운 일이었습니다. 내가 겪었던 이러한 엄격함은 나에게는 귀찮은 것이 아니라 오히려 위안이 되었습니다. 나는 미래에서 행복을 찾고자 했던 것이 아니라, 그 행복을 얻기 위한 무한한 노력을 추구하는 것이었으며, 내 마음속에서는 이미 행복을 미덕과 혼동하고 있었습니다. 의심할 여지없이, 14세의 모든 소년들처럼 나 역시 아직 그렇게 현명하지는 못 했고 무엇이든 할 수 있는 유연한 상태였지만, 알리사에 대한 나의 사랑은 내가 이미 시작한 길을 더욱더 나아가고 의도적으로 나아가도록 이끌었습니다. 그것은 갑작스러운 내면의 계시였고 나 자신을 의식하게 만들었습니다. 나는 나 자신이 우울하고, 성숙되지 못했으며, 아쉬움을 가진 존재로 보았으며, 타인에 대해서는 다소 무관심하고, 적극적이지 않으며, 자기 자신을 넘어서는 승리를 제외하고는 어떠한 야망도 가지지 않았습니다. 나는 공부하기를 좋아했고, 장난을 치더라도 깊이 생각해야 하는 것이나 노력이 필요한 것만을 중요하게 생각했습니다. 나는 학교 동료들과 자주 어울리지 않았으며, 그들의 장난에 참여할 때에도 우정이나 좋은 마음에서만 참여했을 뿐입니다. 그러나 나는 다음 해 파리에서 나와 함께 했으며, 같은 반 학생이었던 아벨 보띠에와는 친구가 되었습니다. 그는 상냥하지만 정열이 부족한 소년이었으며, 나는 그에 대해 존경보다는 좋은 호감을 느끼는 사이였습니다. 어쨌든 나는 아벨 보띠에와 함께 퐁그즈마르와 르아브르에 대해 이야기할 수 있는 사람이 있었습니다. 퐁그즈마르와 르아브르는 내 생각이 항상 끊임없이 날아가는 곳이었습니다.

외사촌 로베르 뷔콜랭은 나와 같은 중학교 기숙사에 있었으나 우리보다 두 학년 아래였고 일요일에만 볼 수 있었습니다. 만약 그가 내 외사촌 누이들과 형제가 아니었다면, 누이들과는 닮은 구석도 없었기 때문에 그를 만나는 데 아무런 즐거움도 느끼지 않았을 것입니다.

그 당시에 나는 오직 사랑에 깊이 빠져 있었고, 로베르 뷔콜랭과 아벨 보띠에와의 두 우정이 나에게 유일하게 의미를 갖는 것은 다만 그 사랑의 빛을 받았기 때문일 것입니다. 알리사는 복음서에서 말하는 값진 진주와 같았고, 나는 마치 그 진주를 얻기 위해 내가 가진 모든 것을 팔아버리는 사람과 같았습니다. 나는 아직 어린 아이였지만, 사촌 누이에 대해 내가 느끼는 감정을 사랑이라고 부르는 것이 잘못일까요? 내가 그 후로 경험한 것들 중 어느 것도 이보다 더 사랑이라는 이름에 더 합당하다고 느껴지지 않으며, 더욱이 내가 가장 뚜렷한 육체적인 고통으로 괴로워하는 나이가 들었을 때에도 내 감정의 본질은 크게 달라지지 않았습니다. 나는 어린 시절 단지 알리사에게 어울리는 자격을 갖추기 위해 노력했을 뿐 알리사를 소유하고자 더 직접적으로 추구하지는 않았습니다. 나는 공부, 노력, 경건한 행동 등을 신비롭게도 알리사에게 바쳤으며, 사실 종종 내가 알리사를 위해 하는 일들조차도 그녀가 모르게 하는 것이 더욱 미덕의 가치가 높다고 생각했습니다. 이와 같이 나는 독한 술 같은 일종의 겸손의 연기에 도취되어 있었고, 오! 아이러니하게도 내 자신의 편안함을 배제하고, 노력하지 않은 것에 대해서는 만족감이 들지 않도록 스스로를 채찍질하는데 익숙해져 있었습니다.

이러한 경쟁심의 자극을 느낀 것은 나뿐이었나요? 알리사는 그런 감정에 대해 느끼지 못하는 것 같았고, 내 모든 노력은 오직 그녀를 위한 것이었지만 그녀가 나를 위해 어떤 특별한 행동을 했다고 생각되지도 않습니다. 아무런 꾸밈이 없는 그녀의 순수한 영혼 속에는 가장 자연스러운 아름다움이 있었습니다. 그녀의 덕은 아주 여유롭고 우아함이 흘러넘쳐 자포자기의 포기 상태처럼 아주 편안해 보였습니다. 그녀의 어린애 같은 천진한 미소로 인해 시선에서 뿜어져 나오는 진중함까지도 매력적으로 보였으며, 그녀가 눈을 들어 아주 부드럽고 애정 어린 다정하면서도, 무엇인가를 묻는 듯한 시선으로 나를 바라보던 모습이 기억납니다. 나는 그러고 보면 내 외삼촌이 고통스러울 때 그의 큰 딸인 알리사에게 지지와 조언, 위안을 구했다는 것을 이해할 수 있었습니다. 그 이듬해인 여름에는 뷔콜랭 외삼촌이 자주 알리사와 이야기를 나누는 모습을 보았습니다. 뷔콜랭 외삼촌의 슬픔은 그를 더욱 늙게 만들었고, 식사 중에도 거의 말을 하지 않았으며, 때로는 애써 유쾌함을 드러내기도 했지만 침묵보다 더 고통스러운 모습이었습니다. 뷔콜랭 외삼촌은 저녁에 알리사가 그를 데리러 올 때까지 자신의 서재에서 담배를 피우며 지냈으며, 알리사가 제발 밖으로 나가도록 빌다시피 해야 간신히 서재에서 나왔습니다. 알리사는 마치 아이를 이끌 듯 외삼촌을 정원으로 안내했습니다. 그들은 함께 꽃이 만발한 꽃길을 따라 내려가서 채소밭 층계 근처인 우리가 몇 개의 의자를 가져다 놓은 둥그런 갈림 터에 가서 앉는 것이었습니다.

어느 날 저녁, 나는 적갈색의 커다란 너도밤나무 아래의 그늘진 잔디밭에 누워 책을 읽으며 시간을 보내고 있었습니다. 바로 꽃길과 나 사이에는 월계수 울타리로 분리되어 있어서 보이지는 않았지만 소리는 들을 수 있었습니다. 알리사의 목소리와 외삼촌의 목소리가 내 귀에 들렸습니다. 그들은 분명 로베르에 대해 이야기를 막 끝낸 듯싶었습니다. 그때 알리사의 입을 통해 내 이름이 들렸고, 내가 그들의 말을 알아듣기 시작하려던 찰나에 외삼촌이 소리쳤습니다.

"음, 그 애는 항상 공부하기를 무척 좋아할 거야."

순식간에 엿듣는 자가 된 나로서는, 그 자리를 떠나고 싶었거나 적어도 내가 거기 있다는 것을 알리기 위해 어떤 행동을 하고 싶었습니다. 그러나 내가 무엇을 해야 할까요? 헛기침을 하거나 '저는 여기 있습니다. 두 분의 말을 들을 수 있어요.'라고 소리칠까요? 내가 침묵하게 된 것은 사실 더 많은 호기심보다는 당황함과 수줍음 때문이었습니다. 게다가 그들은 단지 지나가는 것이었고, 그들이 하는 말을 아주 희미하게만 들려서 잘 알아들을 수도 없었습니다. 그 두 사람은 천천히 지나갔습니다. 알리사는 의심할 여지없이 그녀의 습관대로 가벼운 바구니를 팔목에 낀 채로 시든 꽃의 머리를 따내버리기도 하고 잦은 바다 안개에 의해 울타리 밑으로 떨어진 덜 익은 푸릇푸릇한 과일 열매를 줍고 있었습니다. 알리사의 맑은 목소리를 들렸습니다.

"아빠, 팔리시에 고모부는 훌륭한 분이셨나요?"

외삼촌의 목소리는 낮고 흐릿하여 그의 대답을 알아들을 수가 없었습니다. 알리사는 재차 물었습니다.

"아주 훌륭하셨죠, 그렇죠?"

다시 한 번 들리지 않는 외삼촌의 대답과 다시 한 번 알리사의 목소리가 들렸습니다.

"제롬은 똑똑하죠, 그렇지 않나요?"

어떻게 내가 이 말에 귀를 기울이며 듣지 않을 수 있었을까요? 그러나 아닙니다! 저는 아무것도 알아들을 수가 없었습니다. 알리사는 계속 이어서 말했습니다.

"제롬이 훌륭한 사람이 될 것이라고 생각하세요?"

여기서 외삼촌이 목소리를 높였습니다.

"먼저, 알리사, 나는 네가 '훌륭한'이라고 할 때 그 말이 무엇을 의미하는지 알고 싶구나. 어떤 사람은 겉모습은 그렇게 보이지도 않고, 적어도 인간의 눈으로 보기에는 그렇게 보이지 않더라도 하나님의 눈으로 보았을 때에는 사실은 아주 훌륭한 사람일 수 있단다."

"네, 제가 말씀드리려는 것이 그것이에요."

알리사가 말했습니다.

"그렇지만, 아직 알 수 없지 않겠니? 제롬은 아직 너무 어리잖니. 그래, 확실히 제롬은 미래가 매우 유망하지만, 그것만으로는 성공할 수 있다고 말하기에는 충분하지가 않단다."

"더 이상 또 무엇이 필요하죠?"

"오! 뭐라 말할 수는 없어만, 신뢰라든지, 지원이라든지, 사랑이라든지 …… 있어야 하지 않을까."

"지원이라는 것은 무엇을 의미하죠?"

알리사가 끼어들어 말했습니다.

"나에게 부족했던 애정과 존경."이라고 외삼촌이 슬프게 대답하셨습니다. 그리고 그들의 목소리는 마침내 사라져 전혀 들리지 않았습니다.

저녁 기도를 드릴 때, 나는 무심코 엿들은 것에 대한 후회를 느꼈고, 그것을 알리사에게 고백하기로 결심했습니다. 아마도 이번 결심에는 조금 더 알아보고 싶다는 호기심이 섞여 있었던 것 같습니다.

다음 날 내가 첫 마디를 꺼내자마자 그녀가 말했습니다.

"하지만, 제롬, 그렇게 엿듣는 것은 매우 잘못된 일이야. 너는 우리에게 네가 거기에 있다는 것을 알리거나, 그렇지 않으면 그 자리를 떠났어야 했어."

"정말로, 나는 엿듣지 않았어. 다만 우연히 말소리가 들려서 듣게 되었을 뿐이야. 그리고 외삼촌과 누이도 단지 지나가는 중이었고."

"우리는 천천히 걷고 있었어."

"그렇지, 하지만 나는 거의 들릴락 말락 해서 아무것도 듣지 못했거든. 그리고는 이내 듣지 못하게 되었어. 그런데 말이야 알리사, 성공을 위한 필요한 것이 무엇인지 물었을 때 외삼촌은 뭐라고 대답하셨어?"

"제롬, 너는 다 잘 들었으면서 뭘 그래. 넌 단지 내게 반복하게 해서 즐기려는 거지?"

알리사가 웃으며 말했습니다.

"나는 첫마디 부분만을 들었을 뿐이야, 외삼촌이 신뢰와 사랑에 대해 이야기를 말씀하셨을 때 말이야."

"아버님은 그 말씀 이후에 많은 다른 것들이 더 필요하다고 말씀하셨어."

"그래서, 뭐라고 대답했는데?"

알리사는 갑자기 매우 진지해졌습니다.

"인생에서의 지원에 대해 이야기하시기에, 제롬에게는 어머니가 계시다고 대답했어."

"아! 알리사, 내가 항상 어머니와 함께 할 수 없다는 것을 잘 알면서 그래. 게다가 그것은 다른 일이잖아."

알리사는 머리를 숙이고 대답했습니다.

"아버님이 말씀하신 것도 바로 그거야."

나는 그녀의 손을 잡았고, 내 손이 부르르 떨리고 있었습니다.

"내가 장래에 어떤 사람이 되든지 간에 모든 것은 너를 위한 거야."

"하지만 제롬, 나 또한 네 곁을 떠날 수 있잖니."

나는 내 영혼을 담아 알리사에게 말했습니다.

"나는 결코 너를 떠나지 않을 거야."

알리사는 어깨를 약간 으쓱 올리며 했습니다.

"제롬, 너는 혼자 앞으로 걸어 나갈 만큼 충분히 강하지 않니? 우리는 각자가 스스로 홀로 하나님을 찾아가야 하는 거야."

"하지만 나에게 하나님을 찾아가는 그 길을 가르쳐줄 수 있는 것은 알리사 바로 너야."

"그리스도 외에 다른 어떤 안내자를 찾으려고 하는 이유가 뭐니? 우리 둘이 서로를 잊고 하나님께 기도를 드릴 때, 바로 그 때가 우리 둘이 서로에게 가장 가까워진다고 생각하지 않니?"

내가 끼어들며 말했습니다.

"그래, 하나님이 우리를 하나로 묶어 결합시켜주기를. 그것이 내가 아침저녁으로 기도드리고 있는 거야."

"아니 제롬, 너는 하나님의 품안에서 교제한다는 것이 무엇을 의미하는지 이해하지 못하는 거니?"

"나는 제대로 이해하고 있어. 그것은 두 사람이 같은 대상을 찬양하며 열렬히 하나가 되기 위해 만나는 것을 말하지. 내가 알리사와 하나가 되고 싶기 때문에, 내가 아는 알리사가 찬양하는 대상을 나도 또한 찬양하고 싶다고 생각하지."

"그렇다면 네 찬양은 조금도 순수하지가 않아."

"내게 너무 많은 것을 바라지는 마. 만일 천국이라고 하더라도 알리사 네가 없다면 나는 그 천국도 무시해버릴 거야."

알리사는 입술에 손가락을 가져다 대고 약간의 진지함을 담아 대답했습니다.

"너희는 먼저 하나님 나라와 그의 의를 구하라."*

---

* 마태복음 6장 33절

내가 알리사와 대화를 옮겨 적다보니, 어린 아이들이 서로 진지한 태도로 심각한 이야기를 하는 것을 알지 못하는 사람들에게는 그들의 말들이 매우 어른스러워 보일 것이라는 생각이 듭니다. 그렇다면 나는 무엇을 해야 할까요? 변명하려고 해야 할까요? 아니요! 나는 우리들의 대화를 더 자연스럽게 보이도록 꾸미지도 않을 것이며, 또한 변명도 하고 싶지 않습니다.

우리는 라틴어판 복음서를 구해다가 그 긴 구절들을 암송하곤 했습니다. 알리사는 자신의 남동생을 돕기 위한 핑계를 대며 나와 함께 라틴어를 배웠지만, 사실은 지금 생각해보면 나의 독서 능력을 따라잡기 위한 것이었다고 생각합니다. 실제로 나는 알리사가 나를 따라오지 못하리라고 생각하는 공부에는 나도 거의 즐거움을 느끼지 못했습니다. 이런 상황이 때때로 나에게 방해가 되었다고 할지라도, 그것은 내 마음의 성장을 저해했던 것이 아니라, 오히려 알리사가 언제나 나보다 앞서가고 있는 것처럼 보였습니다. 그러나 내 마음이 나아가는 방향은 항상 알리사를 염두에 두고 정해졌고, 그 당시 우리의 마음을 사로잡았던, 우리가 '사색思索'이라고 부른 것이 종종 더 미묘한 교감을 위한 구실에 불과했으며, 단순히 감정의 위장일 뿐이고, 사랑의 덮개에 불과했던 경우가 많았습니다.

나의 어머니는 처음에는 아마도 그녀에 대한 나의 깊이를 가늠하기 힘든 감정에 대해 걱정하셨을지 모릅니다. 그러나 이제 어머니는 자신의 힘이 점점 쇠약해지는 것을 느끼면서, 우리 두 사람을 모성적인 포옹 안에서 결합시키고자 하셨던 것 같습니다. 오랫동안 앓아온 심장병으로 인해 어머니는 점점 더 고통을 받기 시작했습니다. 특히 심각한 발작이 있었던 때에 어머니는 나를 가까이 부르셨습니다.

"내 불쌍한 아들, 나는 이제 많이 늙었구나. 언젠가 나는 너에게서 갑자기 떠나가게 되겠지."

어머니가 말씀하셨습니다.

어머니는 숨이 가쁘셨는지 호흡하기 매우 힘들어 하시면서 말을 멈추었습니다. 그래서 나는 저절로, 어머니가 내가 말하기를 기대하고 있는 것처럼 보였던 말을 꺼내었습니다.

"엄마 … 저는 알리사와 결혼하고 싶어요. 아시죠?"

나의 이 말이 어머니의 가장 깊은 속마음과 이어졌음인지, 곧바로 말씀을 계속하셨습니다.

"그래, 그게 내가 네게 이야기하고 싶은 내용이란다, 제롬."

"어머니, 알리사가 저를 사랑한다고 생각하시죠. 그렇지 않나요?"

나는 울먹이며 말했습니다.

"그럼, 내 아들아."

그리고는 어머니는 여러 번 되풀이하여 부드럽게 반복해서 말씀하셨습니다.

"그럼, 내 아들아."

어머니는 힘들게 말씀하셨습니다. 그리고는 덧붙여 말씀하셨습니다.

"너는 그것을 하나님께 맡겨두어야 한다."

그때 나는 어머니 곁에서 몸을 숙이고 있었으며, 어머니는 내 머리에 손을 얹고 말씀하셨습니다.

"하나님께서 나의 아이들! 너희 둘을 지켜주기를, 너희 둘을 하나님께서 지켜주기를!"

그리고는 어머니는 잠에 빠지셨고, 나는 어머니를 깨우려 하지 않았습니다.

어머니와의 이 대화는 결코 두 번 다시는 되풀이되지 않았습니다. 다음 날 아침, 어머니는 기분이 좀 나아지셨습니다. 나는 강의가 있어서 학교로 돌아갔고, 이 반쯤 하다만 마음속 깊은 이야기는 다시금 침묵에 덮였습니다. 어쨌든, 내가 더 이상 무엇을 알려드릴 수 있었을 것인가? 알리사가 나를 사랑한다는 것은 단 한 순간도 의심할 여지가 없었습니다. 설사 그때까지는 내가 의심할 수 있었다고 하더라도, 그 뒤에 곧 일어난 슬픈 사건을 당한 시점에서는 내 마음 속의 의심은 영원히 사라졌을 것입니다.

어느 날 저녁 어머니는 미스 애슈브르통과 내가 함께 있었을 때 아주 조용히 세상을 떠나셨습니다. 어머니를 앗아간 최후의 발작은 처음에는 이전의 발작들보다 더 나쁘게 보이지 않았습니다. 마지막 무렵쯤에야 발작이 심해져서 우리는 어떤 친척들에게도 연락할 시간적이 여유가 없었습니다. 나는 어머니의 오랜 친구인 미스 애슈브르통과 함께 사랑하는 어머니의 시신 옆에서 첫 밤을 지켰습니다. 나는 어머니를 깊이 사랑했었는데, 눈물을 흘리는데도 불구하고 이러한 슬픔이 마음속에서 느껴지지 못하는 것에 대해 의아해했습니다. 내가 눈물을 흘렸던 것은 미스 애슈브르통을 걱정하면서였습니다. 오랜 친구이자 본인보다 훨씬 더 젊은 나이에 하나님의 부름을 받고 가는 것을 지켜보는 미스 애슈브르통이 측은해 보였기 때문에 슬퍼했던 것입니다. 그러나 어머니를 잃은 이 상실이 나의 사촌누이인 알리사를 보다 빠르게 내 곁으로 보내주리라는 은밀한 생각이 내 슬픔을 훨씬 더 강하게 억누르고 있었습니다.

외삼촌은 다음 날 아침에 도착하였습니다. 외삼촌은 알리사의 편지를 나에게 건네주었으며, 알리사는 플랑티에 이모와 함께 그 다음 날이 되어서야 도착했습니다.

제롬, 나의 친구, 나의 형제

어머니가 돌아가시기 전에 어머니에게 그 몇 마디를 전할 수 없었던 것이 얼마나 슬픈 일인지. 그것이 어머니가 원하던 큰 행복을 줄 수 있었을 텐데. 이제 어머니가 나를 용서해 주기를! 그리고 오직 하나님만이 우리 둘을 이끌어 주시기를! 안녕, 나의 가엾은 친구여.

그 어느 때보다도 더 애틋하게,

'너의 알리사'로부터.

이 편지의 의미는 무엇일 말하고 있는 것일까요? 알리사가 말하지 못해 슬퍼했던 그 몇 마디 말들은 무엇이었을까요? 그것은 아마도 알라시가 우리들의 미래를 기약하는 듯한 말들이 아니고 무엇이겠습니까? 하지만 나는 아직 너무 어려서 알리사에게 선뜻 손을 내밀어 구혼할 용기를 내지 못했습니다. 게다가 알리사의 약속이 내게 필요했을까요? 우리는 이미 사실상 약혼한 상태가 아니었나요? 우리의 사랑은 이미 우리의 친척들에게 비밀이 아니었습니다. 외삼촌은 내 어머니와 마찬가지로 우리들의 사랑에 반대하지 않았고, 오히려 나를 이미 아들처럼 여겼습니다.

나는 며칠 후에 시작된 부활절 휴일을 르아브르에서 보냈으며, 플랑티에 이모 댁에서 잠을 자고, 뷔콜랭 외삼촌댁에서 거의 모든 식사를 하였습니다.

펠리시 플랑티에 이모는 아주 훌륭한 여성분이었지만, 나와 사촌들은 이모와 아주 친밀하게 지내는 사이는 아니었습니다. 플랑티에 이모는 항상 끊임없이 바쁘게 지내서서 숨이 찰 지경이었습니다. 그렇기 때문인지 몸가짐에는 상냥함이 부족했고 목소리 또한 선율적이지 않았습니다. 이모는 어느 때라고 할 것 없이 감정이 고조될 때면 갑자기 우리들이 귀여워 죽겠다는 사랑의 홍수를 쏟아내고 싶어서 애정 어린 스킨십을 너무 과도하게 해서 우리는 오히려 귀찮았습니다. 뷔콜랭 외삼촌은 이모를 매우 좋아하셨지만, 외삼촌이 이모에게 말할 때의 목소리 톤만 들어보아도 외삼촌이 얼마나 제 어머니를 더 좋아했는지를 쉽게 알 수 있었습니다.

이모가 어느 날 저녁에 말을 꺼냈습니다.

"내 불쌍한 제롬, 네가 이번 여름에 무엇을 할 생각인지는 모르겠지만, 나의 계획을 정하지 전에 네 계획이 무엇인지 듣고 싶구나. 혹시 내가 네게 도움이 될 수 있다면 말이다……."

내가 대답했습니다.

"아직 뭣을 할지 계획에 대해 많이 생각해본 것은 없습니다. 어쩌면 여행을 할지도 모르겠습니다."

이모가 말했습니다.

"너도 알겠지만, 여기 내 집에서도 퐁그즈마르와 마찬가지로 항상 네가 오는 걸 환영한단다. 하긴 네가 퐁그즈마르로 가면 네 외삼촌과 줄리엣이 기쁘게 맞아주겠구나……."

"알리사를 말씀하시는 거죠?"

"물론이지! 내가 말실수를 했구나. 미안하다……. 나는 네가 줄리엣을 사랑하고 있다고 생각했거든! 한 달 전까지-네 외삼촌이 나에게 말해 주었을 때까지-너희들 모두를 매우 좋아는 하지만, 사실 나는 너희들에 대해 잘 알지 못한단다. 나는 너희들을 자주 보지 못했기 때문에……. 그리고 내가 그리 관찰력이 뛰어난 편이 아니거든. 다른 사람의 일에 신경 쓸 시간적인 여우도 없었으니까. 나는 항상 네가 줄리엣과 노는 것을 보았기 때문에 나는 네가 줄리엣을 사랑한다고 생각했던 거란다. 줄리엣은 정말 아름답고, 활기차보이잖니……."

"네, 지금도 줄리엣과 노는 것을 좋아하지만, 제가 사랑하는 것은 알리사예요."

"알겠어요, 알겠어! 네가 좋을 대로 해야지. 나는 알리사를 거의 모르거든. 알리사는 줄리엣보다 말수도 적고 말이다. 어쨌든, 네가 알리사를 선택했다면 그만한 좋은 이유가 있으리라 생각한다만."

"하지만, 이모, 나는 알리사를 사랑하기로 선택한 것이 아니고, 그에 대한 이유를 생각해본 적도 없어요. ……."

"화내지는 마, 제롬. 내가 어떤 다른 의도로 말한 건 아니야. 네 말을 듣다 보니 이제, 내가 하고 싶었던 말을 잊어 버리고 말았구나. 아, 그렇지! 물론, 결국에는 네가 결혼하게 될 것이라고 생각해. 하지만 네가 지금 상중이니까 당장에는 예법 상으로 정혼하는 것은 적절하지 않을 것 같구나……. 그리고 너는 여전히 정혼하기에는 아직은 너무 어려요. 이제 어머니도 계시지 않으니, 네가 퐁그즈마르에 머무르는 것이 그리 적절하게 여겨지지 않을 것 같구나……."

"하지만, 이모, 그렇기 때문에 제가 여행 이야기를 꺼낸 거예요."

"아, 잘 모르겠구나. 제롬아, 내가 그곳에 함께 있는 것이 모든 상황을 조금이나마 더 순조롭게 만들 것이라고 생각했단다. 그래서 이번 여름의 한동안은 시간을 비워두려고 계획을 세워 놓았단다."

“뭐 제가 미스 애슈브르통에게 요청하기만 하면, 그녀는 기꺼이 와주실 거예요.”

“그래, 나도 미스 애슈브르통이 올 것이라고 알고 있어. 하지만 그것만으로는 충분하지 않아! 나도 함께 가겠어. 아! 내가 그렇다고 불쌍한 네 어머니의 자리를 대신할 거라고 생각하는 것은 아니야.”

이모가 갑자기 눈물을 터뜨리며 덧붙였습니다.

“하지만 나는 가사 일이나 돌볼 수 있지 않을까 해서 … 그러면 … 네가 외삼촌이나 알리사와도 불편함을 느끼지 않을 것 같아서.”

펠리시 플랑티에 이모는 자신의 존재가 가져다주는 효과에 대해 오해하고 있었습니다. 사실 우리는 이모 때문에 난처함을 느끼고 있었습니다. 이모는 본인의 계획에 따라, 7월 초에 퐁그즈마르에 와서 자리를 잡았고, 미스 애슈브르통과 나는 곧바로 이모를 뒤따라갔습니다. 이모는 집안일을 거들어서 알리사를 도와준다는 구실로 항상 평화로웠던 집안을 끊임없는 소란으로 가득 채웠습니다. 이모가 우리에게 호의를 베풀려고, 그녀가 말한 대로 ‘모든 상황을 조금이나마 더 순조롭게 만들 것이라고’하는 열정이 너무 지나칠 정도여서, 알리사와 나는 이모가 우리 곁에 있을 때 거의 항상 어색함을 느끼고 말문이 막혔습니다. 이모는 우리를 매우 쌀쌀맞은 존재로 생각했을 것입니다……. 만약 우리가 침묵하지 않았다 하더라도, 이모는 우리의 사랑의 본질을 이해할 수 있었을까요? 반면에, 줄리엣의 성격은 호들갑떠는 이러한 과도한 과잉 행동에 잘 어울렸습니다. 그래서 아마도 이모가 어린 막내 조카딸인 줄리엣을 그렇게 두드러지게 귀여워하는 것을 보는 데서 오는 어떤 반감이 나의 이모에 대한 애정을 가로막았는지도 모릅니다.

어느 날 아침, 우편물이 도착한 후 이모는 나를 불렀습니다.
"제롬, 아주 딱하게 되었어, 나는 정말 마음이 아파. 딸이 아프다고 연락이 왔단다. 너를 남겨두고 떠나야 할 것만 같아……."
이모가 말했습니다.
나는 부질없는 양심의 가책에 가득차서, 이모가 떠난 이후에도 퐁그즈마르에 남아 있어야 할지 아니면 떠나야 할지 알 수 없었기 때문에, 외삼촌을 찾아뵈러 갔습니다. 하지만 내 첫마디가 나오자마자 외삼촌은 소리치듯 말했습니다.
"도대체, 내 불쌍한 누님은 이렇게 매우 자연스러운 일들을 가지고 무엇 때문에 복잡하게 만들려고 하는 거야? 제롬! 너는 무엇 때문에 우리를 떠나려 하는 거냐? 넌 이미 내 자식이나 다름없지 않느냐?"
이모는 퐁그즈마르에서 단지 2주를 지내셨습니다. 이모가 자리를 떠나자 집안은 다시 평화를 되찾을 수 있었습니다. 이제 이곳에는 다시 한 번 행복과 매우 흡사한 고요함이 깃들었습니다.

나의 상복은 우리 사랑에 그림자를 드리우지 않았으며, 그것은 우리의 사랑을 더욱 깊게 만들었습니다. 이후 시작된 우리 일상의 단조로운 흐름 속에서, 마치 높은 음향이 잘 울려 퍼지는 공명 상태에 있는 것처럼, 우리의 마음의 미세한 떨림 하나하나가 들려왔습니다.

이모가 출발하고 며칠이 지난, 어느 저녁 식사 중에 우리는 이모에 대해 이야기하고 있었던 것을 기억합니다.

"웬 난리법석이람!"

우리가 말했습니다.

"인생의 물결이 그녀의 영혼에 더 이상 안식을 줄 수 없는 것인가? 사랑의 아름다운 모습, 너의 그림자는 여기서 어떻게 되었는가?"

우리는 슈타인 부인*에 대해 이야기하다가, '이 영혼에 비친 세상을 보는 것은 아름다울 것이다.'라고 말한 괴테의 말이 떠올랐던 것입니다. 그래서 우리는 그 자리에서 일종의 계층 구조를 만들어서, 명상의 능력을 가장 높은 자리에 두었습니다. 그때까지 침묵하고 있던 외삼촌은 슬픈 미소를 지으며 우리를 꾸짖었습

---

* 샤를로테 폰 슈타인Charlotte von Stein(1742~1827). 독일 바이마르공국 아나 아말리아 공녀(여자 공작)를 시녀로써, 괴테가 바이마르에서 정치생활을 하던 중 26세 때 만난 7살 연상의 유부녀. 7명의 자녀가 있었으며, 괴테는 슈타인 부인으로부터 인간적·예술적 완성에 큰 영향을 받았고 37세에 이탈리아로 떠나면서 12년간의 연애가 막을 내린다.

니다.

"애들아, 하나님은 그의 형상이 깨져 있을 지라도 당신의 모습을 인식하고 계시 단다. 우리는 사람을 그들의 삶 중에서 단 한 순간으로 그 사람의 전체를 판단하지 않도록 조심하자. 내 가엾은 펠리시 플랑티에 누님을 너희들이 싫어하지만 내 누님의 모든 점은 모두 그럴만한 사건들이 있었기 때문에 생긴 것이고, 그 사건들을 잘 알고 있는 나로서는 너희들처럼 혹독하게 비판할 수만은 없구나. 젊은 시절에 남을 즐겁게 하던 누님의 매력적인 특성들도 늙어가면서 나쁘게 되지 않으리라는 법은 단 하나도 없단다. 지금 너희들이 '난리법석'이라고 부르는 펠리시 플랑티에 누님의 모습은 처음에는 매력적인 기백이 있고, 자발적이며, 순간적인 충동, 그리고 우아하게만 여겨지던 것이었단다. 우리도 오늘날의 너희들과 그리 다르지 않음을 확신한단다. 그 당시의 나는 너와 다소 비슷했단다. 제롬, 아마도 내가 생각했던 것보다 더 닮았을지도 모르겠다. 펠리시 플랑티에 누님은 지금의 줄리엣과 아주 흡사했고–그래, 심지어 외모까지도–그리고……"

외삼촌은 딸을 돌아보며 덧붙였습니다.

"너의 목소리의 어떤 특정한 소리에 있어서, 너의 고모를 떠올리게 된단다. 네 고모도 너와 같은 미소를 가졌고, 얼마 지나지 않아 네 고모의 미소는 사라졌지만 말이다. 또한 너처럼 아무것도 하지 않고 의자에 앉아서 팔꿈치로 앞을 짚고, 이마에 손깍지를 한 손가락을 이마 대고 있는 그런 몸짓을 네 고모도 가끔 했었단다."

미스 애슈브르통이 나를 향해 돌아보며 거의 속삭이듯 말했습니다.

"네 어머니를 회상하게 하는 건 네 어머니를 꼭 닮은 알리사지."

그 해 여름은 화려했습니다. 온 세상은 푸름에 잠겨 있는 듯 보였습니다. 우리의 열정은 불행은 물론, 죽음에 대해서도 승리를 거두었습니다. 어두운 그림자들은 우리 앞에서 물러섰습니다. 매일 아침 나는 기쁨으로 잠에서 깨어났습니다. 나는 새벽에 일어나 다가오는 햇빛을 맞으러 나아갔습니다……. 지금도 그 당시를 떠올리게 되면, 흠뻑 젖은 이슬처럼 신선하던 시간이 다시금 눈에 선합니다. 줄리엣은 늦은 밤까지 자지 않고 깨어 있는 습관을 가진 언니 알리사보다 일찍 일어나는 탓에, 나와 함께 정원으로 내려가곤 했습니다. 줄리엣은 나와 알리사 사이의 전령이었습니다. 나는 줄리엣에게 우리의 사랑에 대해 끊임없이 이야기를 했으며, 그녀 또한 내가 말한 것을 듣는 것을 싫증내는 기색을 보이지 않았습니다. 나는 알리사에게는 애정이 벅차올라 항상 망설여지고 수줍어서 감히 말하지 못했던 것들도 줄리엣에게는 이야기를 할 수 있었습니다. 알리사는 이 어린아이 같은 놀이에 기꺼이 동참하며, 내가 줄리엣에게 그렇게 행복하게 이야기하는 것을 기쁘게 여기는 듯 했습니다. 사실 줄리엣과 내가 오직 알리사에 대해서만 이야기하고 있다는 것을 몰랐는지 모르는 척하는 건지는 모르겠습니다.

아, 사랑의 아름다운 변화여, 사랑의 무한함이여, 너는 우리를 비밀스런 길을 통해 우리를 웃음에서 눈물로, 가장 순수한 기쁨에서 미덕의 요구로 이끌어갔던가!

아주 고귀하고 부드러웠던 여름은 지나가 버렸기에 그 빠르게 흘러가는 날들 중 거의 아무것도 제 기억에 남아 있지 않았습니다. 그 당시의 유일한 기억이라고는 대화와 독서뿐이었습니다.

"나는 우울한 꿈을 꾸었어."

방학이 끝나가는 어느 날 알리사가 나에게 말했습니다.

"나는 살아 있었고 제롬 너는 죽어 있었어. 아니, 나는 네가 죽는 것을 보지는 않았어. 단지, 제롬 네가 죽어 있었다는 거야. 너무나 끔찍했어. 그것은 나에게는 너무 불가능한 일이어서 네가 단순히 여기에 없었다는 것조차 생각할 수 없었어. 우리는 떨어져 있었지만, 나는 네게 닿을 수 있는 방법이 있다는 느낌을 받았어. 그래서 나는 어떻게 하면 좋을지 알아보려 했고, 성공하기 위해 무지 애쓰다가 잠에서 깼어. 오늘 아침에도 나는 꿈을 꾸고 있는 것만 같았어. 마치 그 꿈을 여전히 꾸고 있는 중인 것처럼 느껴졌거든. 나는 여전히 너와 떨어져 있는 느낌이 들었고, … 오랫동안 떨어져 있어야 할 것 같은……."

그리고 알리사는 매우 낮은 목소리로 덧붙였습니다.

"내 일생 동안 떨어져 있어야 할 것 같았고, 그리고 커다란 노력을 기울여야 할 것 같았어……."

“왜, 그건 어째서?”

“우리가 다시 만나기 위해서는 각자가 상당한 노력을 기울여야 할 것 같았어.”

나는 알리사의 이 말을 진지하게 받아들이지 않았거나, 어쩌면 진지하게 받아들이는 것이 두려웠던 것 같습니다. 나의 심장이 몹시 뛰는 가운데, 갑작스러운 용기를 내어 나는 알리사에게 마치 반발이라도 하듯이 말했습니다.

“나는 오늘 아침 너와 아주 열렬하게 결혼하려고 애쓰는 꿈을 꾸었어. 그래서 나는 죽음 외에는 우리를 갈라놓을 수 있는 것이 없을 것이라고 믿어.”

“죽음이 우리를 갈라놓을 수 있다고 생각해?”

알리사가 물었습니다.

“내가 말하는 것은 …”

“나는 오히려 죽음이 세상에서 나뉘었던 것들을 함께 모을 수 있다고 생각해. 그래, 삶에서는 함께 하지 못한 것들을 죽음이 모을 수 있다고.”

이 대화의 모든 내용은 우리의 가슴 깊게 스며들어, 우리가 사용했던 단어의 억양까지도 여전히 들리는 듯 했습니다. 하지만 나는 그 말이 의미하는 중대한 뜻을 아주 나중이 되어서야 깨닫게 되었습니다.

여름은 빠르게 지나갔습니다. 이미 거의 모든 들판이 황량해졌고, 그 넓은 공간들은 희망이 더욱 사라져 있었습니다. 내가 떠나기 이틀 전 저녁, 나는 줄리엣과 함께 나가 정원 끝의 관목 밭으로 내려가 돌아다녔습니다.

"어제 알리사 언니에게 무엇을 반복해서 읊어 주고 있었어?"

줄리엣이 물었습니다.

"언제를 말하는 거지?"

"우리가 폐광 근처에 있는 벤치에 앉아 있을 때 말이야. 둘만 남겨 놓고 우리가 왔었잖아."

"아! 보들레르*의 시 몇 구절인 것 같은데."

"무슨 구절이었는데? 나에게 들려주지 않겠어?"

이제 곧 우리는 차가운 어둠 속으로 가라앉게 될 것이니.

나는 다소 내키지 않는 기분으로 시작했지만, 시작하자마자 줄리엣은 나의 말을 가로채서는 달라진 떨리는 목소리로 내 말을 이어갔습니다.

잘 가라! 너무나 짧은 우리들 여름의 생동감 있는 빛이여!

"아니! 줄리엣 너도 이 시를 알고 있었어?"

---

* 샤를 피에르 보들레르Charles Pierre Baudelaire(프랑스의 비평가이자 시인)

나는 매우 놀라워하며 외쳤습니다.

"나는 네가 시에는 관심이 없다고 생각했었는데……."

"아니 왜? 제롬 오빠가 결코 나에게는 시를 읊어주지 않으니까?"

줄리엣은 웃으며 말했지만 다소 억지스러운 듯이 말했습니다.

"가끔은 오빤, 나를 완전히 바보라고 생각하는 것 같아."

"매우 지능이 높은 사람도 시에 관심이 없는 경우도 충분히 가능하거든. 나는 줄리엣 네가 시에 대해 이야기하는 것을 한 번도 들어보지 못했을 뿐만 아니라 나에게 시를 읊어달라고 요청한 적도 없었잖아."

"시를 읊어달라고 요청하는 것은 모두 알리사의 몫인걸."

줄리엣은 몇 분 동안 침묵하다가 갑자기 물었습니다.

"내일 모레 떠나는 거야?"

"응, 꼭 가야 해."

"이번 겨울에는 뭘 할 계획이야?"

"에콜 노르말*에서의 첫 해이지 뭐."

"알리사 언니와는 언제 결혼할 생각이야?"

"군 복무를 마친 후가 아니면 안 되겠지. 그리고 사실, 그 이후에도 내가 무엇을 할지에 대해 심사숙고를 해서 알기 전까지는 절대 안할 생각이야."

---

* 고등사범학교

“아직 모르는 거야?”

“난 아직은 알고 싶지 않아. 내가 관심을 갖고 있는 것들이 너무 많거든. 그 중에서 단 하나의 것에 집중하고 선택해야 하는 시기를 최대한 미루고 싶어.”

“생활이 고정될까봐 두려워서 약혼을 주저하게 만드는 거야?”

내가 대답하지 않고 어깨를 으쓱했더니, 줄리엣은 고집을 부리며 재차 되물었습니다.

“그렇다면, 뭘 기다리고 있는 거야? 왜 당장 약혼하지 않느냐고?”

“우리가 왜 꼭 약혼을 해야 해? 세상 사람들이 뭐라 하든 상관없이 우리가 서로에게 속해 있고, 앞으로도 서로에게 속해있을 것이라는 것을 아는 것만으로도 충분하지 않을까? 나는 알리사에게 내 인생 전체를 바치기로 선택했는데, 내 사랑을 약속이라는 따위의 구속으로 서로를 얽매이는 것이 더 고귀하다고 생각하니? 아니! 약속 같은 맹세는 내게 있어서는 사랑에 대한 모욕처럼 느껴지거든. 내가 알리사를 신뢰하지 못하는 경우에만 약혼하고 싶을 거야.”

“내가 못 믿는 건 알리사 언니가 아니야……”

우리는 천천히 걷고 있었습니다. 우리는 예전에 알리사와 그녀의 아버지인 외삼촌 사이의 대화를 뜻하지 않게 들었던 정원의 바로 그 부분에 도착했습니다. 어쩌면 내가 정원 쪽으로 나가는 알리사를 보았는데, 그녀가 계단 꼭대기에 앉아 있을 수도 있고,

그녀도 같은 방식으로 우리의 말을 엿들을 수 있을 것이라는 생각이 갑자기 떠올랐습니다. 내가 감히 알리사에게 공개적으로 말할 수 없었던 말을 그녀에게 듣게 할 수 있다는 가능성이 나를 유혹했습니다. 나는 내가 만들어 낸 꾀에 흥미를 느꼈고 그래서 목소리를 높였습니다.

"오!" 나는 내 또래 청춘의 다소 과장된 열정으로 외쳤고, 내가 한 말에 너무 몰두해 있었기 때문에 줄리엣의 말을 통해서 알리사가 말하지 않은 말의 의미를 깨닫지 못하고 있었습니다.

"아, 우리가 사랑하는 사람의 영혼에 기대어 몸을 굽혀 들여다보며, 우리가 비추는 이미지를 거울 속을 들여다보듯이 그녀의 마음속을 볼 수만 있다면 얼마나 좋을까! 우리 자신의 마음처럼, 아니 우리 자신의 마음보다 다른 사람의 마음속을 더 잘 읽을 수 있다면! 우리의 애정 속에는 얼마나 평온함이 있을 것인가! 우리의 사랑 속에는 얼마나 순수함이 깃들 수 있을 것인가!"

나는 줄리엣의 곤혹스러워하는 표정을 보고 나의 싸구려 서정적인 시심의 효과를 오만하게 여기곤 했습니다. 줄리엣은 갑자기 내 어깨에 얼굴을 파묻으며 말했습니다.

"제롬! 제롬! 난 오빠가 알리사 언니를 꼭 행복하게 해줄 것이라고 믿어 싶어! 만약 언니가 오빠 때문에 고통을 받게 된다면, 나는 오빠를 증오할 것 같아!"

"왜, 줄리엣."

나는 그녀를 끌어안으며 그녀의 이마를 들어 올리며 외쳤습니다.

"그런 상황이 된다면, 나는 나 자신을 증오할 거야. 네가 알아주기만 한다면! 또한 아직 내가 앞으로 무엇을 할지 결정을 하고 있지 않는 것은 내가 그녀와 함께 더 나은 삶을 시작하기 위해서야! 어쨌든 나의 전체 미래를 그녀에게 의지하고 있거든! 알리사가 없이도 내가 무엇이 된다면, 나는 그 무엇이 뭐든지 간에 아무것도 원하지 않아……."

"그렇다면 알리사 언니에게 그렇게 말한다면, 언니는 뭐라고 할까?"

"나는 결코 알리사에게 그렇게 말하지 않아! 결단코. 그리고 우리가 아직 약혼하지 않은 것 또한 그러한 이유에서야. 우리 사이에는 결혼에 대한 문제도, 앞으로 어떻게 할 것인지에 대한 문제도 없어. 아, 줄리엣! 알리사와의 삶은 나에게 너무나 아름답게 느껴져서, 내가 감히……. 이해하겠니? 감히 이런 이야기를 알리사에게 할 수가 없단 말이야."

"알리사 언니에게 뜻밖의 놀라운 행복을 안겨주고 싶어서 그러는 거야?"

"아니! 그게 아니야. 하지만 나는 다만 알리사를 놀라게 하는 것이 두려워. 이해하겠어? 내가 예상하는 무한한 행복이 그녀를 놀라게 할까봐 두렵거든. 어느 날 내가 알리사에게 여행을 가고 싶어 하냐고 물었을 때, 그녀는 아무것도 원하지 않는다고, 외국이 존재하고 아름답다는 것을 아는 것만으로도 충분하다고, 그리고 다른 사람들이 그곳에 갈 수 있다는 것만으로도 충분하다고 말했거든……."

"그리면, 오빠는 여행을 하고 싶어?"

"응, 어디든지! 내 삶은 모두 긴 여행 같고—알리사와 함께, 책과 사람들, 그리고 다른 나라들을 통해서 가는. '닻을 올려라*'라는 말의 의미에 대해 생각해 본 적이 있어?"

"응, 나는 그 말을 종종 생각해."

줄리엣이 속삭였습니다. 그러나 나는 줄리엣의 말을 거의 듣지 못하고, 마치 상처 받은 새들처럼 줄리엣의 말들이 지면에 떨어지도록 두었습니다. 나는 계속해서 말했습니다.

"어느 날 밤에 시작하여, 아침의 눈부신 광채 속에서 깨어나고, 불확실한 파도 위에 함께하면서도 혼자인 자신을 느끼며……."

"어린 시절 지도로 보았던 항구에 도착한다. 그곳은 모든 것이 낯선 곳—나는 오빠와 알리사 언니가 함께 팔짱을 끼고 배에서 내려오는 모습을 상상해."

"우리는 편지를 받기 위해 우체국으로 서둘러 가겠지."

나는 웃으며 덧붙였습니다.

"줄리엣이 우리에게 썼을 편지를 가지러 가는 것이지……."

"줄리엣이 남아 있을 퐁그즈마르에서 말이지? 오빠와 알리사

---

* 보들레르의 시 〈여행〉의 한 구절

언니에게는 퐁그즈마르는 정말 작고, 슬프고, 아주 멀게 보이겠
지……."

이것이 줄리엣의 정확한 말이었는지? 나는 확신할 수는 없습
니다. 다시 말하지만, 나는 나의 사랑으로 가득 차 있어서, 그 외
의 어떤 표현에도 거의 알아차리지 못했습니다.

우리는 둥그런 갈림 터길 근처 계단에 가까워지고 있었습니다.
막 뒤로 돌아서려고 할 때, 알리사가 갑자기 그늘에서 나타났습
니다. 알리사의 얼굴이 너무 창백해서 줄리엣이 탄식을 했습니다.

"음, 난 지금 몸이 많이 좋지 않아."

알리사가 허겁지겁 더듬거리며 말했습니다.

"공기가 다소 쌀쌀해. 나는 안으로 들어가는 것이 좋겠어."

알리사는 우리를 그곳에 남겨두고 서둘러 집 쪽으로 돌아갔습
니다.

"알리사 언니가 우리가 하는 말을 엿들었어요."

줄리엣이 알리사가 약간 멀어지자마자 외쳤습니다.

"그러나 우리는 알리사를 화나게 할 수 있는 말을 하지 않았어
요. 오히려……."

"아! 저도 따라가겠어요."

줄리엣이 말하며, 언니의 뒤를 뒤쫓아 달려갔습니다.

그날 밤 나는 잠을 잘 수가 없었습니다. 알리사는 저녁 식사
때에 맞춰 내려왔지만, 머리가 아프다는 이유로 곧바로 자리를 떠

나버렸습니다. 알리사는 나와 줄리엣과의 대화에서 무엇을 들었을까? 나는 줄리엣과 이야기했던 모든 말을 마음속에서 조심스럽게 되짚어 보았습니다. 그리고 내가 어쩌면 줄리엣에게 너무 가까이서 걸어갔고, 내 팔을 줄리엣의 목에 두른 것이 잘못이었을지도 모른다고 생각했습니다. 그러나 그것은 어린 시절부터 늘 해오던 습관이었고, 알리사는 여러 번 줄리엣과 내가 그렇게 하고 걷는 것을 보았었습니다. 아! 나는 정말로 어리석은 사람이었습니다. 내 자신의 실수를 더듬거리며 찾으면서도, 제대로 귀담아 듣지도 않았고 줄리엣의 말을 잘 기억하지도 못했던 것입니다. 내가 너무도 주의를 기울이지 않았던 줄리엣의 말들이, 아마도 알리사에게는 더 잘 이해되었을지도 모른다는 생각을 하지 못했으니 말입니다. 그건 중요하지 않습니다! 나는 내 불안감에 이끌려, 알리사가 나를 의심할지도 모른다는 생각에 두려움을 느끼고, 다른 어떤 위험도 상상하지 못했습니다. 그래서 나는 줄리엣에게 한 말을 무릅쓰고, 아마도 줄리엣이 내게 한 말의 영향을 받아, 내 의구심과 불안을 극복하고 다음 날 약혼을 하기로 결심했습니다.

내가 출발하기 전날이었습니다. 나는 알리사의 슬픔이 그 일 때문일 것이라고 생각했습니다. 알리사는 나를 피하는 것 같았습니다. 하루가 지나가도록 나는 알리사와 단 둘이 만날 수가 없었습니다. 알리사와 이야기도 하기 전에 떠나야 한다는 두려움이 나를 저녁 식사 전에 그녀의 방으로 가게 만들었습니다. 알리사는 산호 목걸이를 하고 있었고, 목걸이를 매기 위해 팔을 들어 올리며 문 쪽을 등지고 몸을 앞으로 기울이고, 두 개의 촛불 사이에 있는 거울을 통해 자신의 모습을 바라보고 있었습니다. 알리사는 처음 거울에서 나를 발견했고, 고개를 돌리지 않은 채로 잠시 동안 나를 바라보며 있었습니다.

"왜, 문이 닫혀 있지 않았어?"

알리사가 말했습니다,

"내가 노크 했는데, 네가 대답하지 않았어. 알리사, 내일 내가 떠난다는 걸 알고는 있는 거야?"

알리사는 아무 대답도 하지 않고, 자신이 목에 걸려고 했던 산호 목걸이를 내려놓았습니다. '약혼'이라는 단어는 나에게 너무 생소하고 잔혹하게 느껴져, 그 말 대신 다른 어떤 설명을 사용했는지 기억이 나지는 않습니다. 알리사는 내가 말하려는 뜻을 이해하자, 휘청거리는 몸을 지탱하기 위해 벽난로에 기대는 것처럼 보였습니다. 그러나 나 자신이 너무 떨리고 두려워서 알리사를 바라보지 않으려고 시선을 피했습니다.

나는 알리사 가까이에 있었고 눈을 들지 않은 채로 그녀의 손을 잡았습니다. 알리사는 손을 빼지 않았으며, 조금 몸을 숙여 얼굴을 기울이고 내 손을 약간 들어 올린 후, 입술을 그 위에 대고 중얼거리며 나에게 반쯤 기대었습니다.

"아니야, 제롬, 아니야, 제발, 우리 약혼은 하지 말자."

내 심장은 너무도 빠르게 뛰고 있었고, 알리사도 그것을 느꼈던 것 같습니다. 알리사는 더 부드럽게 반복해서 말했습니다.

"아니야, 아직은……."

그래서 내가 그녀에게 물었습니다.

"왜?"

"왜 변해야 하는지 물어야 할 사람은 나야. 왜 변해야 하지?"

알리사가 말했습니다.

나는 어제의 대화에 대해 그녀에게 말할 용기가 나지 않았지만, 그녀가 내가 그것을 생각하고 있다는 것을 느꼈음에 틀림없었고, 마치 내 생각에 대한 대답처럼, 알리사는 나를 진지하게 바라보며 말했습니다.

"넌 잘못 생각하고 있어, 제롬. 나는 그렇게 많은 행복이 필요하지는 않아. 우리가 지금 이대로도 충분히 행복하지 않니?"

알리사는 미소를 지으려 했지만 헛된 일이었습니다.

"아니, 그렇게 행복하지 않아. 내가 네 곁을 떠나야 하니까."

"들어봐, 제롬. 오늘 저녁에는 너와 이야기를 할 수 없겠어. 우리의 마지막 순간을 망치지 말자. 아니, 정말 이러지 말자고, 나는 여전히 제롬 너를 사랑하고 있어. 두려워하지 마. 내가 편지를 써서 설명할 게. 내일 네가 떠난 직후에 바로 편지를 쓰겠다고 약속할게. 당장 내일이라도…… 아니, 네가 떠나는 그 즉시……. 이젠 가! 봐, 내가 울고 있잖아……. 제발 떠나, 내가 혼자 있게 좀 내버려두면 좋겠어."

알리사 나를 밀쳐내고 부드럽게 몸을 떼어냈고, 그것이 우리의
작별 인사가 되었습니다. 그 날 저녁에 나는 알리사와 다시 이야
기할 수 없었고, 다음날 내가 떠날 때, 그녀는 자신의 방문을 꼭
닫고 나오지 않았습니다. 나는 알리사가 창가에서 나를 향해 손
을 흔들며 작별의 손짓을 하는 것을 보았습니다.

나는 그 해에 아벨 보띠에를 거의 보지 못했습니다. 그는 군대에 소집될 때까지 기다리지 않고 자원입대하였고, 그 동안 나는 수사학 반에 머물며 학위를 위해 공부하고 있었습니다. 나는 아벨보다 두 살이 어렸고, 우리 두 사람은 모두 그 해 입학할 예정이었던 에콜 노르말에 가게 되어 있었으며 군 복무를 에콜 노르말을 졸업한 후로 미루어 두었었습니다.

우리는 반갑게 다시 만났습니다. 아벨 보띠에는 군 복무를 마친 후 한 달 이상 여행을 했습니다. 그가 변하지 않았을까 두려웠지만, 그는 매력을 잃지 않았고 자신감만 더 얻은 상태였습니다. 우리는 학기가 시작되기 하루 전 오후를 뤽상부르 공원에서 보냈습니다. 나는 그에게 내 마음속에 간직해 두었던 나의 알리사에 대한 사랑 이야기를 더 이상 참지 못하고 허심탄회하게 털어놓을 수밖에 없었습니다. 어차피 아벨 보띠에는 그 사실을 이미 알고 있었습니다. 지난 한 해 동안 그는 여성들에 대한 경험을 어느 정도 쌓았고, 그 결과로 다소 자존심이 강하고 우쭐해 하는 태도를 보했지만 그 태도가 나를 불쾌하게 하지는 않았습니다. 아벨 보띠에는 내가 마무리를 짓지 못한 것에 대해 나를 비웃으면서, 여성이 자신의 결정을 번복할 시간을 주어서는 안 된다는 공리를 제시했습니다. 나는 그가 말을 하도록 내버려두었지만, 그의 훌륭한 주장들이 알리사나 나에게는 적용되지 않는다는 생각을 하였습니다. 이는 단순히 그가 우리의 사랑을 제대로 이해하지 못한다는 것을 보여줄 뿐이었습니다.

우리의 도착 다음 날, 나는 알리사로부터 다음과 같은 편지를 받았습니다.

나의 사랑하는 제롬에게,

너의 제안에 대해 많은 생각을 했어. (내 제안이라니! 우리의 약혼을 이렇게 표현하다니!) 내가 너보다 나이가 많지 않을까 두려워. 아마 지금은 그렇게 생각하지 않을지도 모르지만, 너는 아직 다른 여성들에 대해서 알 기회를 가지지 못했기 때문에. 하지만 나는 너와의 사랑을 허락한 후, 내가 너를 더 이상 기쁘게 하지 못할 경우 내가 겪게 될 고통을 계속 생각하고 있어. 이 글을 읽으면서 넌 아마도 화가 많이 나겠지, 나는 네가 반대하는 것을 듣고 있는 듯 해. 내가 너의 사랑을 의심하는 것이 아니라 내가 부탁하고 싶은 것은 단지 네가 인생에 대해 조금 더 잘 알게 될 때까지 조금만 더 기다려 달라는 거야.

내가 지금 이렇게 말하는 것은 모두 단지 너를 위한 것이라는 것을 알아줬으면 해. 내 자신이 너를 사랑하는 것을 결코 멈출 수 없다는 것을 너무도 잘 알기 때문이야.

알리사로부터

우리가 서로 사랑하는 것을 중단한다고! 그런 일이 있을 수 있을까? 나는 슬퍼하기보다는 더 놀랐지만, 너무나도 혼란스러워서 아벨에게 그 편지를 보여주러 급히 달려갔습니다.

"그럼, 넌 이제 어떻게 할 거니?"

아벨이 편지를 읽은 후에 고개를 흔들며 입술을 오므리면서 말했습니다. 나는 절망적인 제스처를 취했습니다.

"어쨌든, 알리사에게 답장을 하지 않는 게 좋을 것 같아! 여자를 상대로 논쟁을 시작하면 넌 지고 말게 뻔 하니까……. 내 말을 들어봐. 만약 우리가 토요일 밤에 르아브르에서 자면, 일요일 아침을 퐁그즈마르에서 보낼 수 있고 월요일 아침 첫 번째 강의에 맞춰 다시 돌아 올 수 있을 거야. 내가 군 복무를 하던 이후로 네 친척들을 보지 못했으니까 그것으로 충분한 변명이 될 거야. 내 입장에서는 매우 훌륭한 인사치레를 하는 셈인 것이지. 만약 알리사가 그것이 단순한 변명이라는 것을 알게 된다면, 그만큼 더 좋을 순 없지. 네가 알리사와 이야기하는 동안 내가 동생인 줄리엣을 맡아볼게. 어린애처럼 바보같이 굴지 않도록 하고……. 솔직히 말하자면, 나는 네 이야기에서 이해하지 못하는 부분이 있거든. 아무래도 네가 나에게 모든 것을 말하지는 않았던 것 같아. 뭐 그렇다고 그렇게 신경 쓸 필요는 없어! 곧 모든 것은 밝혀질 테니까……. 우리가 가고 있다는 것을 그들이 절대로 알지 못하도록 주의해야 해. 너는 불시에 찾아가서 알리사를 놀라게 해서, 그녀가 자신을 방어할 시간을 갖지 못하도록 해야 한다고."

정원의 사립문을 열면서 내 심장은 빠르게 뛰고 있었습니다. 줄리엣은 우리를 맞아들이기 위해 즉시 달려 나왔습니다. 리넨 방에서 바쁘게 옷을 정리하던 알리사는 서둘러 내려오지는 않았습니다. 우리는 마지막으로 알리사가 응접실로 내려올 때까지 외삼촌과 미스 애슈브르통과 이야기를 나누고 있었습니다. 우리의 갑작스러운 도착이 알리사를 놀라게 만들었지만, 최소한 그녀는 그런 기색을 전혀 보이지 않았습니다. 나는 아벨이 한 말이 떠올랐습니다. 알리사가 나에게 맞서기 위해 그렇게 오랫동안 모습을 드러내지 않았다는 점을 생각하게 되었습니다. 줄리엣의 매우 활발한 생동감으로 인해 알리사의 차분함은 더욱 차갑게 느껴지게 했습니다. 나는 알리사가 내가 돌아온 것에 대해 반대하고 있다는 것을 느꼈습니다. 어쨌든 알리사는 자신의 차가운 태도로 반대의 감정을 드러내려고 하는 듯 했고, 나는 이 알리사의 반대감정 뒤에 숨어 있는 또 다른, 더 생생한 감정이 있을 것이라고 상상할 용기가 없었습니다. 알리사는 우리와는 약간 거리가 있는 창가의 구석에 앉아 있었고, 그녀는 수놓는 작업에 몰두한 듯 보였습니다. 알리사는 차분하고 느린 숨결로 매듭을 셀 때마다 집중하고 있는 듯했습니다. 아벨은 이야기를 하고 있는 중이었습니다. 다행히도! 왜냐하면 나는 단어 하나라도 말할 기운이 없었고, 그가 1년 동안의 군복무와 여행 이야기만 하지 않았다면, 이 만남은 우울한 시작이 되었을 것입니다. 외삼촌 또한 평소보다 유난히 깊은 생각에 잠겨 있는 듯 보였습니다.

점심 식사가 끝난 직후, 줄리엣은 나를 한쪽으로 불러서 정원으로 데리고 나갔습니다.

"어떻게 생각해요?"

줄리엣이 나와 단둘이 되었을 때 말했습니다.

"제가 청혼을 받았어요! 어제 팔리시에 고모가 아버지에게 편지를 써서 내가 님므*에서 온 포도 재배자로부터 청혼을 받았다는 것을 알려주었어요. 고모가 말하기를, 그 분은 모든 면에서 매우 훌륭한 분이라고 해요. 그는 지난 봄 몇 번의 파티에서 저를 만나고 저에게 반했다고 하네요."

"그 사람을 눈여겨보기는 했어?"

나는 그 청혼자에 대한 본능적인 적대감을 갖고 질문을 했습니다.

---

* 프랑스 남부의 도시

"네, 그 사람을 기억하고 있어요. 그 사람은 일종의 쾌활한 돈 키호테처럼-교양이 없고, 매우 못생기고, 매우 저속하고-다소 우스꽝스러워 보였어요. 팔리시에 고모는 그 사람 앞에서는 점잔을 빼고 있지 못했어요."

"그에게는 어떤-기회가 있을 것 같아?"

나는 비아냥거리며 물었습니다.

"오, 오빠! 어떻게 그럴 수 있어요? 사업에 종사하는 장사치에 불과해요! …… 그를 한번 봤다면 그런 질문을 하지 않았을 거예요."

"그래, 그러면 아버지는 뭐라고 대답하셨니?"

"내가 말한 대로예요. 불행히도, 내가 결혼하기에는 너무 어리다는 것을……."

줄리엣은 웃으며 덧붙였습니다,

"고모는 반대할 거를 예견하고는 편지의 추신에 에두아르 테시에르-이게 그 사람의 본명이야-씨가 기다리겠다고 말한 것에 동의했다고 적어두셨더라고요. 이렇게 단순히 신청을 넣어두는 것은 '순위에 끼려고'라는 거예요. 우스꽝스럽지만, 그에게 너무 못생겼다는 말을 전해달라고 할 수는 없잖아요."

"그렇지, 하지만 포도를 재배하는 가람과 결혼하고 싶지 않다고 말할 수는 있잖아."

줄리엣은 어깨를 으쓱하며 말했습니다.

"그것은 고모의 마음이 받아들일 수 없는 이유들이예요. 하지만 다른 이야기를 해보자고요. 알리사 언니에게서 편지를 받았어요?"

줄리엣은 매우 유창하게 말을 하였고, 큰 동요를 보이는 듯했습니다. 나는 줄리엣에게 알리사의 편지를 건네주었고, 그녀는 편지를 읽으며 몹시 얼굴을 붉히고 있었습니다. 줄리엣이 나에게 물어볼 때 목소리에서 분노의 기색이 느껴지는 것 같았습니다.

"어떻게 할 거야?"

"모르겠어."

나는 대답했습니다.

"이곳에 와 보니 차라리 답장을 쓰는 것이 더 쉬웠을 것 같아. 여기 온 것을 후회하고 있어. 알리사가 무엇을 말하려는 건지 너는 이해할 수 있겠어?"

"언니는 오빠를 자유롭게 놓아주고 싶어 하는 것 같은데."

"자유? 내가 자유에 대해 신경 쓰고 있는 것 같아? 그리고 알리사가 왜 나에게 이런 편지를 했는지를 알 수 있겠니?"

"아니 몰라!"

줄리엣은 매우 짧고 매몰차게 대답했으므로, 그 어투로 짐작하건데 진실을 전혀 짐작하지 못한다고 할지라도 역시 그 순간부터 줄리엣이 아마도 이 일에 대해 무엇인가 알고 있다는 것이었습니다. 그리고 우리가 따라서 걷고 있는 오솔길이 꺾이는 지점에 이르렀을 때 줄리엣은 갑자기 돌아서며 말했습니다.

"이제는 가야겠어. 오빠는 나와 이야기하러 여기까지 온 것이 아니잖아. 우리가 함께한 시간이 너무 길었기도 하고."

줄리엣은 집 쪽으로 빠르게 뛰어 달아났고, 잠시 후 줄리엣이 치는 피아노 소리가 들려왔습니다.

내가 응접실로 들어갔을 때, 줄리엣은 그곳에 와 있던 아벨과 이야기하고 있었습니다. 줄리엣은 이야기하면서도 계속해서 피아노 연주를 했고, 다소 부주의하게 그리고 마치 막연히 즉흥 연주를 하는 것처럼 보였습니다. 나는 그들을 뒤로한 채로 응접실에서 나왔습니다. 나는 정원에 들어가 한동안 이리저리 천천히 돌아다니면서 알리사를 찾고 있었습니다.

알리사는 과수원 깊숙한 곳 낮은 담벼락 아래서 처음 핀 국화를 따고 있었습니다. 국화꽃의 향기는 너도밤나무 숲의 낙엽 내음과 뒤섞여 있었고, 공기는 가을의 향기로 가득 차 있었습니다. 이제 태양은 벽에 붙여 놓은 틀을 타고 납작하게 붙어 자라는 넝쿨나무에만 따뜻함을 줄 뿐이었고, 하늘은 동양인양 맑았습니다. 알리사의 얼굴은 아벨이 여행 선물로 준 큰 네덜란드 농민 모자의 깊은 속에서 거의 가려진 채로 둘러싸여 있었습니다. 내가 가까이 다가가도 알리사는 돌아보지 않았지만, 그녀의 억누를 수 없는 미세한 떨림을 통해 내가 다가오는 발소리를 알아차린 것을 알았습니다. 그래서 나는 즉시 알리사의 꾸짖음과 내가 느끼는 그녀의 눈길이 나를 누르는 엄격함에 대비하여 마음의 용기를 가다듬기 시작했습니다. 하지만 내가 이미 아주 가까이 다가갔고, 마치 두려워하는 것처럼 발걸음을 늦추자, 알리사는 고개를 돌리지는 않고 여전히 숙인 채로, 마치 뾰루퉁한 아이처럼, 꽃을 가득 쥔 손을 등 뒤로 나에게 내밀면서 나를 부르는 듯한 모습을 보였습니다. 그녀의 몸짓을 보며 내가 오히려 내가 장난스럽게 멈춰 서자, 그녀는 마침내 나에게 돌아서서 몇 걸음 다가오며 얼굴을 들어 나를 쳐다보았습니다. 그때 나는 알리사의 얼굴에 미소로 가득한 것을 보았습니다. 그녀의 눈길과 부딪히자 모든 것이 갑자기 단순하고 쉽게 만들어져 보여서, 나도 모르게 변함없는 평상시의 목소리로 말을 시작하게 되었습니다.

"네 편지 때문에 내가 다시 온 거야."

"그럴 것 같았어."

알리사는 말하고는 목소리를 가라앉히면서 날카로운 질책을 누그러뜨렸습니다.

"그래, 그것이 나를 화나게 하는 거야. 왜 내가 하는 말을 잘못 이해하는 거니? 그것은 아무렇지도 않은 사소한 일이었는데……."

(그러자 실제로 슬픔과 어려움은 이제 상상에 불과한 것처럼 보였고, 이제는 내 마음 속에서만 존재하는 것 같았습니다.)

"우리는 정말 행복했잖아. 내가 앞에서도 말했잖아. 네가 나에게 바꿔보자고 할 때 내가 그것을 거절했다고 해서 네가 그렇게 놀랄 건 아니잖니?"

실제로 알리사와 함께할 때면 나는 항상 행복하게 느꼈습니다. 그런 완전한 행복이 있기에 내 마음의 유일한 소망이 그녀의 소망과 달라지지 않기를 바라는 것이었습니다. 그리고 이미 나는 알리사의 미소와 함께 손을 맞잡고 햇볕이 따뜻하고 꽃이 둘러싸인 오솔길을 함께 걷는 것 외에는 아무것도 원하지 않았습니다.

"만약 네가 그렇게 하는 것이 더 좋다면……"

나는 엄숙하게 말하며 모든 다른 희망을 한 번에 포기하고 현재의 완전한 행복에 몸을 맡겼습니다.

"네가 그렇게 하는 것이 더 좋다면, 우리는 약혼하지 말자. 네 편지를 받았을 때, 사실 나는 지금까지 행복했지만 이제는 나의 행복이 사라질 것만 같다는 것을 깨달았어. 오, 내가 가졌던 행복을 되돌려 줘! 나는 그것 없이는 살 수 없어. 너를 너무나 사랑하기에 나는 평생이라도 기다릴 준비가 되어 있지만, 네가 나를 사랑하지 않거나 내 사랑을 의심한다면, 그 생각은, 알리사, 나에게는 정말 견딜 수 없는 일이야."

"어머나! 제롬, 나는 그런 것을 의심할 수도 없어."

알리사가 그렇게 말할 때 그녀의 목소리는 동시에 차분하고 슬펐으나, 그녀를 밝혀주고 있는 그 미소는 너무도 맑고 아름다워서 나는 내 두려움과 항변에 부끄러움을 느꼈습니다. 그때 나는 알리사의 목소리 속에서 나올 수 있는 슬픔의 감정이 오직 내 두려움과 항변으로부터 온 것처럼 여겨졌습니다. 아무런 두서없이, 나는 내 계획과 포부 그리고 내가 많은 혜택을 기대했던 새로운 삶에 대해 이야기를 시작했습니다. 당시의 에콜 노르말은 지금과는 달랐습니다. 다소 엄격한 훈련은 게으르거나 반항적인 성향을 가진 젊은 애들에게는 힘겨웠을지 모르지만, 부지런히 노력하고 공부에 전념하는 이들에게는 도움이 되었습니다. 나는 거의 수도원 같은 삶의 방식이 나를 세상으로부터 보호해 줄 것이라는 사실에 기뻐했습니다. 그 세상은 처음에는 나에게 별로 매력적이지 않았지만, 알리사가 그것을 두려워하기만 한다면 사실 나에게도 그 세상은 싫어질 만한 것에 지나지 않았습니다. 미스 애슈브르통은 파리에서 어머니와 함께 살았던 아파트에서 계속 살고 있었습니다. 아벨과 나는 파리에서 딱히 아는 사람이 없었기 때문에, 우리는 매주 일요일 몇 시간을 미스 애슈브르통과 보내기로 했습니다. 매주 일요일, 나는 알리사에게 편지를 써서 내 삶의 모든 사항들을 낱낱이 알려주려고 했습니다.

우리는 그때 열려 있는 온실 유리창틀의 가장자리에 걸터앉아 있었고, 그 유리창틀을 통해 커다란 오이 식물들이 뻗어 있었으며, 마지막 오이 열매마저 이미 수확이 끝난 상태였습니다. 알리사는 나의 이야기에 집중하며 질문을 던졌습니다. 나는 그 어느 때보다 그녀의 사려 깊은 다정함과 애정을 더 절실하게 느껴본 적은 없었습니다. 두려움, 걱정, 그리고 가장 미세한 감정의 움직임조차 그녀의 미소 속에서 사그라지고, 이 기분 좋은 친밀감 속에서 녹아내렸습니다. 마치 하늘의 완벽한 푸르름 속에서 안개가 스러져 가듯.

그러고 나서 줄리엣과 아벨이 우리와 함께 나왔을 때, 우리는

나머지 시간을 너도밤나무 숲 속의 벤치에서 보내면서 스윈번*의
〈시대의 개가〉를 소리 내어 읽었습니다. 각자 한 구절씩 돌아가며
읽었습니다. 이윽고 저녁이 되었습니다.

우리가 떠날 시간이 되었을 때, 알리사가 나에게 작별 키스를
했습니다. 반쯤 장난스럽게, 그러나 여전히 누님 같은 태도였습
니다. 아마도 나의 무심한 행동 때문에 그런 태도를 취하는 것 같
습니다.

"자, 앞으로는 그렇게 낭만적으로 굴지 않겠다고 약속해."

알리사가 말했습니다.

"음, 그래서 약혼했어?"

아벨이 우리가 다시 단 둘이 남게 되자마자 물었습니다.

"친구여, 이제 그런 질문은 전혀 문제가 되지 않아."

내가 대답하고는, 아무런 다른 추가 질문도 할 수 없게 만드는
단호한 어조로 말했습니다.

"지금 이대로가 너무 좋아. 오늘 밤 나는 내 인생에서 가장 행
복해."

"나도 마찬가지야!"

아벨이 외쳤습니다. 그리고 나를 갑자기 끌어안으며 말했습
니다.

"내가 네게 정말 놀라운 소식을 전하고 싶어. 믿을 수 없을 만

---

* 1837~1909, 영국의 시인·평론가

큼 특별한 일이야! 제롬, 나는 줄리엣에게 푹 빠졌어! 그 사실을 작년부터 고심해왔어. 그러나 그 이후 나는 다양한 삶을 경험했고, 네 사촌들을 다시 만날 때까지는 아무것도 말하고 싶지 않았거든. 이제 나에게는 모든 것이 끝났어! 내 평생의 결정을 내리게 된 거야."

나는 사랑한다. 무엇을 말 하는가 – 나는 줄리엣을 우러러본다!

"오랜 시간 동안 너에게 일종의 형제애 같은 감정을 가지고 있다고 생각해왔어……."

그리고 나서 아벨은 웃으며 농담을 하고 나를 여러 번 끌어안았습니다. 마치 아이처럼 프랑스 파리행 기차의 쿠션 위에서 팔을 흔들며 가고 있었습니다. 아벨의 고백은 나를 너무나 깜짝 놀라게 했고, 그의 말 속에서 느껴지는 약간의 문학적 과장된 표현이 나를 더욱 괴롭게 했습니다. 그렇지만 그러한 그의 격렬함과 열정에 어떻게 저항할 수 있을까요?

"아, 그래? 줄리엣에게 청혼했어?"

아벨의 격렬함과 열정의 흥분을 사이에 두고 간신히 물어보았습니다.

"아니, 절대 아니! 나는 이 이야기의 가장 매력적인 부분을 놓치고 싶지 않아."

아벨이 외쳤습니다.

사랑의 가장 아름다운 순간은 우리가 '사랑해'라고 말했을 때가 아니니…….

"이것 봐, 날 그런 것으로 비난할 생각은 아니지? 넌 느림보의 대가니까 말이야!"

"어쨌든, 네 생각에 그녀가 ……?"

내가 약간 짜증 섞인 목소리로 말했습니다.

"넌, 내가 줄리엣을 다시 만났을 때 그녀의 당황해 하는 표정을 읽지 못했어? 우리가 방문해 있는 동안 줄리엣은 흥분하여 붉어진 얼굴, 그리고 쉬지 않고 끝없이 이야기하는……! 아니, 넌 아무것도 알려고 않았겠지! 왜냐하면 넌 전적으로 알리사에게만 빠져 있었으니까. 줄리엣이 나에게 엄청난 질문을 하는 모습은 어떻고! 내 말에 얼마나 귀를 기울여 듣던지! 줄리엣은 지난 해 보다 더욱 똑똑해 진 것 같아. 줄리엣이 책을 읽는 것을 좋아하지 않는다는 것을 어디서 들은 건지 모르겠어. 제롬, 넌 항상 알리사 만이 책을 읽는 것을 할 수 있다고 생각하지! 나의 사랑하는 친 구여, 줄리엣이 얼마나 아는 것이 많은지 놀라울 따름이야. 저녁 식사를 하기 전에 우리가 무엇을 하며 즐거워했는지 짐작할 수는 있겠니? 단테의 칸초네 중 일부를 암송했지! 각자 한 줄씩 말했 는데, 내가 틀리자 그녀가 바로잡아 주었어. 너도 알지, 그 시작하 는 부분은 이렇잖아."

내 마음 속 가득히 채워주는 사랑의 마음이여.

“너는 나에게 줄리엣이 이탈리아어를 배웠다고 말하지 않았잖아.”

“나는 몰랐어.”

나는 조금 놀라며 말했습니다.

“뭐라고? 우리가 칸초네를 시작했을 때, 그녀가 나에게 네가 가르쳐준 사람이라던데.”

“줄리엣은 아마도 어느 날 내가 알리사에게 칸초네를 읽어주는 걸 듣고 있었던 모양이야. 그때 줄리엣은 나와 알리사의 옆에 앉아 바느질을 하고 있었는데, 그녀는 항상 그렇게 하거든. 하지만 내가 줄리엣이 칸초네를 이해하고 있었다는 걸 전혀 눈치 채지 못했으니 정말 신기해.”

“정말! 너와 알리사는 아주 훌륭한 이기주이자야. 제롬, 너는 자신의 사랑에 너무 몰두해서 줄리엣의 지성과 영혼의 아름다운 꽃을 바라볼 여유도 없었다는 얘기잖아! 나 스스로를 추켜세우고 싶지는 않지만, 그래도 내가 적절한 때에 등장하게 된 거지. 아니, 아니! 너에게 화를 내고 있는 건 아니야, 너도 알다시피,……”

아벨은 다시 나를 꼭 껴안으며 말했습니다.

“그저 나에게 약속해줘. 이 모든 일에 대해 알리사에게는 단 한 마디도 하지 않겠다고. 내 일은 내가 스스로 처리하고 싶거든. 줄리엣은 나에게 잡혔어, 그건 확실하고, 다음 방학 휴가 때까지 그녀를 떠나있어도 충분히 괜찮을 것 같아. 나는 그 때까지 그녀에게 어떤 편지조차 쓰지 않을 예정이야. 하지만 우리는 그 다음 크리스마스 휴가 때에는 너와 함께 르아브르에서 보낼 것이고, 그 후에는……."

"그 후에는?"

"음, 알리사가 우리의 약혼 소식을 갑자기 알게 될 거야. 나는 이것을 신속하게 추진할 생각이야. 그러면 무슨 일이 일어날지 알겠어? 네가 스스로 할 수 없는, 알리사의 결혼 동의를 강제로 얻어주겠다는 거야. 우리는 우리의 예를 통해 그녀를 설득할 것이거든, 우리가 너희보다 먼저 결혼할 수 없다는 것을……."

그렇게 아벨은 계속해서 말을 쏟아냈습니다. 기차가 파리에 도착하고, 우리가 에콜 노르말로 돌아오는 동안에도 아벨은 말을 멈추지 않았습니다. 우리가 역에서 학교까지 걸어갔는데도 불구하고, 그는 늦은 시간인데도 내 방까지 나를 따라 들어와 아침이 될 때까지 계속 이야기를 나누었습니다.

아벨의 열정은 현재와 미래를 간단히 자기 멋대로 처리해 버렸습니다. 그는 이미 우리 두 쌍의 결혼식을 보고 묘사했으며, 모두의 놀라움과 기쁨을 상상하고 그렸습니다. 그는 우리의 이야기, 우리의 우정, 나의 사랑 이야기에서 그가 할 역할 등의 아름다움에 도취되었습니다. 나는 이렇게 아첨하는 아벨의 솔깃한 열정에 저항하기는커녕, 그 열정에 휩싸여 그의 환상적인 제안의 유혹에 슬그머니 넘어가고 말았습니다. 우리의 사랑 덕분에 용기와 야망이 커져 갔습니다. 에콜 노르말을 졸업하자마자, 우리는 두 쌍의 결혼식(보띠에 목사님이 주례를 진행할 의식)을 마치고 신혼여행을 떠나리라. 그런 다음 우리는 각자 아내들과 함께 거창한 일에 착수할 예정이었습니다. 아벨은 교수라는 직업에는 매력을 느끼지 않았으며, 작가로서의 소질을 갖고 태어났다고 생각했기에, 몇 편의 성공적인 희곡을 써서 필요한 재산을 빨리 얻을 수 있을 것이라. 나는 학문으로 이루는 금전적 이익보다 학문 자체에 더 매력을 느끼고 있었으며, 그래서 종교 철학 연구에 전념하여 그 역사를 집필해 보리라. 그러나 이렇게 많은 희망들을 회상하는 것이 이제 무슨 소용이 있겠습니까?

다음 날 우리는 다시 우리의 공부에 열중했습니다.

4

크리스마스 휴가까지의 시간이 너무 짧아서, 알리사와의 마지막 만남의 대화로 인해 열광되었던 나의 믿음은 한 순간도 흔들리지 않았습니다. 나는 결심한 대로 매주 일요일마다 그녀에게 긴 편지를 썼고, 일요일을 제외한 나머지 주 동안에는 동료 학생들과도 별로 어울리지 않고 지냈으며, 아벨을 제외하고는 거의 누구와도 자주 만나지 않았습니다. 하루하루를 알리사에 대한 생각으로 살았고, 내가 좋아하는 책들에는 알리사가 보기 위한 메모들로 가득 채웠습니다. 그 책에서 내가 찾고자 했던 흥미보다 알리사에게 어떤 흥미가 있을만한 것을 우선시했습니다. 알리사에게서 오는 편지는 나에게는 약간 불안감을 안겨주었습니다. 알리사는 내 편지를 받고 꽤 정기적으로 답변을 해주기는 했지만, 나와의 관계를 유지하려는 그녀의 열망은 그녀 자신의 자발적인 마음의 이끌림보다는 내 공부를 독려하려는 염려에서 더 비롯된 것이라고 생각되었습니다. 심지어 내 생각에는, 내가 반성, 토론, 비판을 통해 내 생각을 표현하는 수단으로 삼는 동안, 알리사는 반대로 이러한 모든 것을 자신의 생각을 숨기기 위한 수단으로 이용하고 있는 것 같았습니다. 가끔 나는 알리사가 이것들을 일종의 게임이라고 생각하여 즐기고 있는 것은 아닌지 의심하기도 했습니다. 아무래도 상관없다! 나는 어떠한 불평도 하지 않겠다고 굳게 결심했고, 내 편지에서는 그 불안의 흔적이 드러나지 않도록 했습니다.

12월 말쯤, 아벨과 나는 르아브르를 향해 떠났습니다.

나는 퐁그즈마르에 이모와 함께 지내기로 되어 있었습니다. 내가 도착했을 때 이모는 집에 계시지 않았지만, 내가 방에 들어서자마자, 하인이 와서 이모가 응접실에서 나를 기다리고 있다고 전해주었습니다.

이모는 내 건강과 주변, 학업에 대해 묻는 것을 거의 마치자마자, 더 이상 지체하지 않고 애정 어린 호기심을 드러냈습니다.

"얘야, 퐁그즈마르에서 지내는 것이 만족스러웠는지 아직 말해주지 않았어? 네 일은 진척이 좀 있었니?"

나는 이모의 어설픈 호의를 참아야만 했습니다. 이모가 가장 순수하고 부드러운 말로도 여전히 잔인하게 들릴 감정에 대해 그렇게 단호하게 이야기하는 것을 듣는 것이 얼마나 고통스러웠든

간에 말입니다. 그러나 이모의 말투는 매우 부드럽고 정중했기 때문에 기분이 상하는 것은 어리석은 일이었습니다. 그럼에도 불구하고 나는 조금은 이의를 제기할 수밖에 없었습니다.

"지난봄에 우리의 약혼이 너무 이르다고 말씀하지 않으셨나요?"

"그래, 알아, 항상 그렇게 시작한다는 말이지."

이모는 다시 시작하며 내 손 중 하나를 잡고 양손으로 감정적으로 꼭 누르면서 선뜻 대답했습니다.

"게다가, 너의 학업과 군 복무 때문에 너는 몇 년간 결혼할 수 없다는 걸 나도 잘 알고 있어. 그렇지만, 내 개인적으로 약혼 기간이 너무 길어지는 것은 찬성하지 않아. 그렇게 하면 젊은 여자들은 지쳐버리고 말아. 그러나 때로는 긴 약혼 기간이 매우 감동적일 때도 있기는 하지……. 어쨌든 약혼은 반드시 공개적으로 알릴 필요는 있어……. 그렇게 해야만 남자 사람들에게-오! 매우 신중하게-더 이상 그 젊은 여자에게 손 뻗을 필요가 없다는 것을 알게 되는 거야. 그러면, 너희들의 서신 교환과 교제가 가능해지는 거야. 더군다나, 만약 다른 누군가가 나서서 청혼을 한다면-그것은 매우 가능성이 있는 일이야."

이모는 그럴 듯한 미소를 지어보이며 말했습니다.

"그런 경우, 그냥 힌트를 주면 된단다. '아니요, 그럴 필요가 없습니다.'라고 말이지. 너도 알겠지만, 줄리엣에게 청혼이 있었다는 걸! 줄리엣는 이번 겨울에 많은 주목을 받았어. 줄리엣은 아직 꽤 어리고, 그게 줄리엣이 대답한 거지만. 하지만 그 젊은 남자는 기다린다고 제안했지. 그는 사실상 젊은 남자도 아니야……. 요컨대, 그는 매우 좋은 배필감이고, 아주 믿을 수 있는 사람이야. 자! 내일 그를 만나 볼 거야, 그는 우리 집의 크리스마스트리를 보러 올 거거든. 네가 그에 대해 어떻게 생각하는지 나중에라도 나에게 말해줄 수 있니?"

"걱정입니다, 펠리시 이모, 그의 노력은 헛수고일 것 같아요, 줄리엣이 이미 다른 사람을 생각하고 있는지도 모르지 않습니까?"

나는 아벨을 바로 언급하지 않으려고 무지 노력하며 말했습니다.

"흠."

펠리시 이모가 의아해하며 고개를 한쪽으로 기울이고 믿기지 않는 표정을 지었습니다.

"놀라운 얘긴 걸! 왜 줄리엣이 나에게 아무것도 말하지 않았을까?"

나는 더 이상 아무 말도 하지 않기 위해 입술을 깨물었습니다.

"아, 알았어! 곧 알게 되겠지. 줄리엣은 요즘 몸이 안 좋아서……. 하지만 지금은 줄리엣에 대해 이야기할 때가 아니지. 참! 알리사도 정말 매력적이야. 아, 넌 알리사에게 선언했니? 아니면 하지 않았니?"

이모가 말을 계속했습니다.

'선언'이라는 단어에 대해 전심으로 반발하며, 나에게는 매우 부적절하고 거칠게 느껴졌지만, 이 직접적인 질문에 거짓말로 대답할 수는 없었습니다. 나는 약간 혼란스럽지만, "네."라고 대답했고, 그러면서 얼굴이 붉어지는 것을 느꼈습니다.

"알리사가 뭐라고 답하든?"

나는 머리를 숙였습니다. 대답하지 않는 것이 좋았을 것 같았습니다. 더욱 혼란스러운 상태에서 마치 내 의지와는 상관없이, 말해버렸습니다.

"알리사는 약혼을 거절했습니다."

"음, 그 애의 말이 옳다! 아무 때나 할 수 있으니까, 너희들에게는 아직 충분한 시간이 있지. 아무렴……."

이모가 말했습니다.

"오! 이모! 이제 그만하세요."

나는 이모의 말을 막으려고 애쓰며 말했습니다.

"그 애가 그렇게 말하는 건 그렇게 놀랍지도 않단다. 나는 항상 알리사가 너보다 더 이성적이라고 생각하니까……."

이 시점에서 나에게 무슨 일이 일어났는지 모르겠습니다. 분명히 이런 심문으로 내 신경이 예민해졌기 때문일 것입니다. 갑자기 내 심장이 터질 것 같았습니다. 나는 어린아이처럼 다정한 이모의 무릎에 얼굴을 묻고 울며 소리쳤습니다.

"아니에요, 이모, 아니라고요! 이모는 이해하지 못해요. 알리사가 나에게 기다려 달라고 하지도 않았다고요."

"뭐? 그럼 그 애가 너를 싫어한다는 거니?"

이모는 가장 친절하고 부드러운 연민의 톤으로 말하며 내 머리를 손으로 들어 올렸습니다.

"아니요-아니요-정확히는 그렇지 않아요."

나는 슬프게 고개를 가로저었습니다.

"그 애가 더 이상 너를 사랑하지 않을까 걱정되니?"

"아, 아니요! 저는 그게 걱정되는 건 아니에요."

"내 불쌍한 제롬, 내가 이해하려면 너는 좀 더 정확하게 설명해 줘야 할 것 같구나."

나는 내 감정에 굴복한 것에 대해 부끄럽고 속상했습니다. 이모는 내 불확실한 태도의 이유를 이해할 수 없을 것이 분명했습니다. 하지만 알리사의 거절 뒤에 어떤 특별한 동기가 숨어 있다면, 이모는 그녀에게 부드럽게 질문함으로써 그것을 발견하도록 도와줄 수 있을지도 모릅니다. 이모는 곧 스스로도 내가 생각한 것과 같은 결론에 도달했습니다.

이모가 계속해서 말했습니다.

"들어봐, 알리사가 내일 아침에 우리 집에 와서 날 도와 크리스마스트리를 장식할 거야. 나는 곧 모든 진실의 근본이 무엇인지 알게 될 거야. 점심때쯤 너에게 진실을 알려줄게. 그러면 너는 더 이상 아무것도 걱정할 것이 없다는 것을 틀림없이 알게 될 거야."

나는 저녁 식사를 하기 위해 뷔콜랭 외삼촌댁으로 갔습니다. 이모가 말한 대로, 최근 며칠 동안 아팠던 줄리엣은 많이 변한 것처럼 보였습니다. 줄리엣의 눈은 거칠고 거의 냉혹한 표정을 띠고 있었기 때문에, 이는 그녀의 언니와 더욱 다르게 보이도록 만들었습니다. 그날 저녁 나는 두 사람 중 누구와도 단독으로 이야기할 수 없었고, 또한 이야기하고 싶지도 않았습니다. 외삼촌도 피곤해 보였기 때문에 나는 저녁 식사 후 곧 외삼촌댁을 떠났습니다.

플랑티에 이모가 매년 준비하는 크리스마스트리에는 항상 많은 아이들과 친지, 친구들이 모여들었습니다. 이 트리는 계단이 있는 건물 입구 안쪽의 현관에 설치되어 있었고, 그곳에서는 입구 복도, 응접실, 그리고 온실과 같은 방의 유리문으로 통하는 출입구가 있었습니다. 그곳에는 뷔페가 차려져 있었습니다. 크리스마스트리의 장식은 끝나지 않았고, 내 도착 다음 날인 파티의 아침에, 이모가 말했던 대로 알리사가 상당히 일찍 와서 크리스마스트리의 가지에 장식, 조명, 과일, 사탕, 그리고 장난감을 걸도록 돕고 있었습니다. 나는 이 작업을 그녀와 함께 하기를 매우 즐거워했을 것이지만, 펠리시 이모와 이야기하도록 해야 했습니다. 그래서 알리사를 보지 않고 밖으로 나가서 불안한 시간을 보내며 아침을 보냈습니다.

나는 처음에 뷔콜랭 외삼촌 집에 갔습니다. 줄리엣을 보고 싶었기 때문입니다. 하지만 아벨이 나보다 먼저 갔다는 이야기를 들었고, 중요한 대화를 방해할까 두려워서 즉시 되돌아왔습니다. 이후 나는 점심시간까지 부두와 거리에서 배회했습니다.

"정말 바보 같아!"

이모는 내가 그녀를 보았을 때 외쳤습니다.

"그렇게 아무 이유 없이 스스로를 불행하게 만드는 것은 정말 변명할 수 없는 일이야! 어제 네가 나에게 한 말은 전혀 이치가 맞지 않아. 아! 나는 둘러대지 않고 단도직입적으로 말했지. 나는 우리를 도와주느라 지치고 있었던 미스 애슈브르통을 산책을 내보냈고, 내가 알리사와 단둘이 있게 되자, 나는 알리사에게 왜 지난여름에 너를 받아들이지 않았는지 바로 물어봤지. 알리사가 기분 상해했을 것 같아? 알리사는 단 한 순간도 당황하지 않았고, 동생인 줄리엣보다 먼저 결혼하고 싶지 않다고 차분히 대답했어. 만약 네가 알리사에게 솔직하게 물어봤더라면, 알리사는 너에게도 똑같은 말을 했을 거야. 이렇게 혼자서 끙끙 앓고 있는 까닭이 바로 거기에 있었던 거야, 그렇지 않니? 봐, 제롬, 솔직함만큼 더 좋은 것은 없단다. 가엾은 알리사! 그녀는 아버지를 떠날 수 없다는 것에 대해서도 나에게 이야기했어. 아! 정말 우리는 오랫동안 많은 이야기를 나누었어. 얘야! 알리사는 매우 신중한 아이란다. 알리사는 아직 네게 적합한 사람인지 확신이 서지 않는다고 말하더구나. 자신이 너무 나이가 많을까 걱정하며 줄리엣 같은 누군가가 더 적합할 거라고 생각하고 있어."

이모는 계속 이야기했지만 나는 더 이상 듣지 않았습니다. 중요한 것은 오직 하나였습니다. 알리사가 그녀의 동생보다 먼저 결혼하는 것을 거부했다는 것입니다. 하지만 아벨이 있었지 않은가? 결국, 터무니없는 자존심으로 가득 찬 아벨이 옳았구나. 아벨은 자신이 말한 대로 우리 두 쌍의 결혼식을 한 번에 성사시킬 작정이었던 것입니다…….

나는 이 단순한 사실이 나를 흥분시키기에 충분했습니다. 나는 내가 빠진 흥분을 이모에게 최대한 숨기려고 했고, 이모에게는 내가 자연스럽게 기뻐하고 있는 것만을 보여주었고, 그것이 이모를 통해 얻은 것이라 여겼기 때문에 이모는 더욱 흡족하게 기뻐했습니다. 하지만 점심 식사 직후 나는 엉뚱한 핑계를 대고 그녀를 떠나 아벨을 찾으러 급히 나갔습니다.

"거봐! 내가 뭐라고 했어?"

내가 좋은 소식을 전하자마자 나를 안으며, 아벨이 말했습니다.

"사랑하는 친구여, 오늘 아침에 내가 줄리엣과 나눈 대화는 거의 해결되었다고 이미 말할 수 있지. 하지만 우리는 네 이야기 외에는 거의 아무 이야기도 하지 않았어. 하지만 줄리엣은 너무 피곤해 보였고, 긴장한 것 같았고, 그래서 너무 오래 머무르면 그녀를 동요시켜버릴까 봐 두려웠어. 하지만 네가 내게 말한 후에, 나는 더 이상 주저하지 않겠어! 내가 모자와 지팡이를 빨리 가서 가져올게. 내가 도중에 날아가 버릴까 두려우니까 내 코트 자락을 꼭 붙잡고 뷔콜랭 댁까지 나와 함께 해죠. 나는 지금 오이포리옹*보다도 더 가벼운 기분이거든! 줄리엣이 자신 때문에 언니가 너의 약혼

---

* 그리스 신화에 등장하는 아킬레우스와 헬레네 사이의 아들. 등에 날개가 달린 아름답고 총명한 소년

을 거절했다는 걸 알게 될 때, 그리고 내가 그 자리에서 줄리엣에게 청혼을 한다면, 아!! 친구여, 나는 오늘 저녁 크리스마스트리 앞에서 우리 아버지가 주님을 칭송하며 기쁨의 눈물을 흘리면서, 축복에 넘치는 손을 무릎 꿇고 있는 두 쌍의 머리를 향해 내밀고 있는 것이 선하게 보이는 듯하구나. 미스 애슈브르통은 한숨을 내쉬며 사라질 것이고, 플랑티에 아주머님은 옷 속으로 녹아내릴 것이며, 환히 불이 밝혀진 크리스마스트리는 하나님을 찬양하고 성경 속의 산들처럼 손뼉을 칠 것이다.”

크리스마스트리가 불을 밝히고 아이들, 친척 및 친구들의 모임이 예정되어 있는 저녁 무렵이었습니다. 아벨을 떠나온 후, 나는 무엇을 해야 할지 몰라 애타고 초조한 마음으로 기다리는 시간을 최대한 덜 지루하게 보내기 위해 르아브르 근처의 절벽 위를 오래도록 산책하기 시작했습니다. 산책하는 도중에 이리저리 돌아다녔으므로 길을 잃었지만, 다시 플랑티에 이모 댁에 돌아왔을 때 이미 파티는 아직 한창 진행 중이었습니다.

내가 현관에 들어서자마자 알리사를 보았습니다. 알리사는 나를 기다리고 있는 것처럼 보였고, 즉시 나에게 다가왔습니다. 알리사는 목에 작은 오래된 자수정 십자가를 걸치고 있었는데, 그것은 내가 어머니를 기억하기 위해 그녀에게 준 것이었습니다. 하지만 나는 이전에는 알리사가 그것을 착용한 것을 본 적이 없었습니다. 알리사의 표정은 일그러져 있었고, 그녀의 고통스러운 표정이 나의 마음을 아프게 했습니다.

“왜 이렇게 늦었어? 너와 이야기하고 싶었어.”

알리사는 급하게 숨을 고르며 말했습니다.

“나는 절벽에서 길을 잃었어. …… 근데, 알리사 어디 아픈 거야. … 오, 알리사! 무슨 일 있어?”

알리사는 마치 말을 잃은 것처럼 내 앞에 서 있었고, 그녀의 입술은 파르르 떨리고 있었습니다. 나에게는 끔찍한 두려움이 엄습해 와서 그녀에게 질문할 용기가 나지 않았습니다. 그녀는 마치 내 얼굴을 자신의 쪽으로 당기려는 듯 내 목에 손을 대었습니다. 나는 그녀가 말하고 싶어 하는 걸 알았지만, 그 순간 손님들이 들이닥쳤습니다. 그녀는 맥이 풀린 듯 손을 아래로 떨어뜨렸습니다.

“너무 늦었어.”

알리사가 중얼거렸습니다. 그러고 나서 내 눈에 눈물이 고인 것을 보고, 내 질문하는 시선에 대답하듯이 덧붙였습니다. 마치 경박한 설명이 나를 진정시키기에 충분할 것처럼!

“아니 … 놀라지 마. 나는 단지 머리가 아플 뿐이야, 아이들이 너무 시끄러워서 … 여기로 잠시 피신해야 했어. … 이제는 다시 아이들에게 돌아갈 시간이야.”

알리사는 갑자기 나를 떠났습니다. 사람들이 들어오면서 나를 그녀와 갈라놓았습니다. 나는 알리사와 다시 만날 수 있을 것이라고 생각했습니다. 나는 방의 저편에서 그녀를 발견했는데, 그녀를 둘러싸고 있는 아이들 무리와 함께 그녀가 놀이를 짜내고 있었습니다. 그녀와 나 사이에는 내가 아는 여러 사람이 있었고, 나는 그들을 넘어가려고 하면 붙잡힐 위험이 있었기 때문에 그렇게 할 수 없었습니다. 나는 그들과 예의를 차리거나 대화를 할 수 없을 것 같았습니다. 아마도 내가 벽을 따라 조심스럽게 가면 … 나는 그렇게 노력했습니다.

나는 정원으로 이어지는 큰 유리문 앞을 지나가려 할 때, 내 팔을 누군가가 붙잡는 것을 느꼈습니다. 줄리엣이 그곳에 있었고, 커튼의 주름 뒤에서 반쯤 가려져 있었습니다.

"온실로 가자."

줄리엣이 서두르며 말했습니다.

"얘기할 게 있어. 혼자 가. 내가 곧 거기로 갈게."

그리고는 잠시 문을 반쯤 열고 정원으로 미끄러져 들어갔습니다.

무슨 일이 있었던 걸까? 아벨을 보고 싶었습니다. 그가 뭐라고 했을까? 무엇을 했을까? 현관으로 되돌아가서 나는 줄리엣이 기다리고 있는 온실로 향했습니다.

줄리엣의 얼굴은 붉게 불타는 듯했고, 찌푸린 눈썹은 그녀의 표정에 강함과 아픔을 더해 주었습니다. 줄리엣의 눈은 열이 나는 듯 빛났으며 심지어 그녀의 목소리도 거칠고 경련을 일으키는 듯했습니다. 무엇인가 분노가 그녀를 흥분시키고 있었습니다. 나는 걱정스런 마음에도 불구하고 줄리엣의 아름다움에 놀라 거의 당황스러울 지경이었습니다. 우리는 둘만 있었습니다.

"알리사가 뭐라고 얘기했어?"

줄리엣이 즉시 물었습니다.

"겨우 두 마디도 정도, 내가 아주 늦게 들어왔거든."

"알리사 언니가 내가 자기보다 먼저 결혼하기를 원한다는 거 알아?"

"응."

그녀는 나를 뚫어지게 바라보았습니다.

"그리고 언니가 내가 누구랑 결혼하기를 원하는지도 알아?"

나는 대답하지 않았습니다.

"바로 오빠야!"

줄리엣이 소리치며 말했습니다.

"왜! 그건 미친 짓이야!"

"그렇지!"

줄리엣의 목소리에는 절망과 환희가 동시에 섞여 있었습니다. 줄리엣은 자신을 곧추세우거나, 차라리 뒤로 힘껏 쳐내듯이 서 있었습니다.

"이제 내가 해야 할 일이 무엇인지 알겠어."

줄리엣은 불분명하게 덧붙이며, 정원의 문을 열고 나가면서 세게 '쾅' 닫았습니다.

내 마음과 머리는 혼란스러웠습니다. 나는 관자놀이에서 맥박이 뛰는 것을 느꼈습니다. 내 정신의 혼란 속에서 오직 하나의 생각만이 남아있었습니다. 바로 아벨을 찾는 것입니다. 그는 어쩌면 두 자매의 이상한 행동을 설명해줄 수 있을 것입니다. 하지만 나는 다른 사람들에게 내 동요를 보여주고 싶지 않아서 응접실로 돌아갈 용기가 나지 않았습니다. 나는 밖으로 나갔습니다. 정원의 차가운 공기가 나를 진정시켰습니다. 나는 그곳에 잠시 머물렀습니다. 저녁이 되어가고 있었고, 바다 안개가 마을을 가리고 있었습니다. 나무에는 잎이 다 떨어지고 없었습니다. 땅과 하늘은 하나의 거대하고 황량한 비탄에 잠겨 있는 듯 보였습니다. 노래 소리가 공중에 퍼져 올라왔습니다. 분명히 그것은 크리스마스트리 주위에 모인 어린이들의 합창소리였습니다. 나는 현관을 통해 들어갔습니다. 응접실과 문간방의 문이 열려 있었습니다. 이제는 비어 있는 응접실에서 나는 피아노 뒤에 일부가 가려진 채 줄리엣과 이야기하고 있는 이모를 보았습니다. 문간방에서는 손님들이 밝게 빛나는 크리스마스트리 주위에 모여 있었습니다. 아이들은 찬송가를 부르고 있었고, 정적이 흘렀으며, 보티에 목사님이 나무 앞에 서서 일종의 설교를 시작했습니다. 그는 그가 '좋은 씨앗을 뿌리는 것'이라고 부르는 기회를 절대 놓치지 않았습니다. 나는 조명과 열기에 불편하고 압박감을 느껴, 밖으로 나가고 있었습니다. 아벨은 문 옆에 서 있었고, 그는 분명히 그 자리에 꽤 오랜 시간 있었던 것 같아 보였습니다. 아벨은 적대적인 태도로 나를 바라보고 있었고, 우리의 시선이 마주쳤을 때 그는 어깨를 움츠렸습니다. 나는 그에게로 다가갔습니다.

"바보!"

아벨이 속삭이듯 말했습니다. 그리고는 불쑥 말했습니다.

"야, 나가자. 설교는 지긋지긋해."

우리가 밖에 나가자마자,

"바보!"

그가 다시 말했습니다. 내가 말을 하지 않고 걱정스럽게 그를 보았습니다. 그가 말했습니다.

"야, 줄리엣이 사랑하는 사람은 바로 너야, 바보! 나한테 그 말을 할 수 없었니?"

나는 충격을 받았습니다. 나는 이해하고 싶지도 않았습니다.

"아니, 물론 아니겠지! 너 자신도 그걸 깨닫지 못하고 있었을 게 뻔하니까!"

아벨은 내 팔을 잡고 미친 듯이 흔들며 말했습니다. 그의 목소리는 부들부들 떨리고 있었고 이를 악물고 쉬지 않고 씩씩거리고 있었습니다.

"아벨, 제발 부탁해,"

난 잠시 침묵이 흐른 후에 말했습니다. 그의 날랜 발걸음에 이끌리면서 내 목소리도 떨렸습니다.

"그렇게 화만 내기보다는 무슨 일이 있었는지 말해줘. 나는 아무것도 모른다고."

아벨은 갑자기 멈춰 서서 가로등의 희미한 불빛 아래 내 얼굴을 유심히 살펴보았습니다. 그리고 나를 재빨리 끌어안고 그의 머리를 내 어깨에 놓으며 흐느끼듯 속삭였습니다.

"용서해줘! 나도 바보야, 그리고 너만큼 잘 알아차리지도 못했어, 사랑하는 친구야!"

그의 눈물이 그를 조금 진정시킨 것 같았습니다. 그는 머리를 들고 다시 걷기 시작하며 계속 말했습니다.

"무슨 일이 있었냐고? 다시 이야기할 필요가 뭐가 있을까? 나는 너에게 말했듯이 아침에 줄리엣과 이야기했어. 그녀는 정말 아름답고 생기 넘쳤지. 나는 그게 나 때문이라고 생각했지만, 사실은 우리가 너에 대해 이야기한 것 때문이었어."

"그땐 너도 그걸 깨닫지 못했지?"

"몰랐지, 정확히는. 하지만 이제 아무리 작은 사항이라도 아주 명확하게 드러나는구나."

"네가 잘못 알고 있는 건 아니야?"

"잘못 알아! 친구야, 줄리엣이 너를 사랑하고 있다는 걸 보지 못하다니, 너는 참 눈이 멀었던 거야."

"그럼 알리사는 ……"

"그래서 알리사는 자신을 희생하고 있는 거야. 알리사는 여동생 줄리엣의 비밀을 알게 되었고, 그래서 너를 줄리엣에게 양보하려고 했던 거야. 정말로, 넌, 이해하기가 그리 어렵지 않지! 나는 줄리엣과 다시 이야기하고 싶었어. 내 첫 마디에, 아니 오히려 내가 하려던 말이 뭔지를 이해하자마자 그녀는 앉아 있던 소파에서 일어나 확신이 없는 사람의 목소리로 '내가 그럴 줄 알았어요.'라고 여러 번 반복해서 말하는 거야."

"아! 제발 농담은 그만해."

"왜 안 되나? 나는 그것을 매우 코믹한 일로 생각해. 줄리엣은 알리사 언니 방으로 달려갔고, 나는 그들의 목소리가 놀라울 정도로 흥분된 상태로 높아지는 것을 엿들었어. 나는 다시 줄리엣을 보고 싶었지만, 잠시 후 나온 것은 알리사였지. 그녀는 모자를 쓰고 있었고, 나를 보더니 어색해하는 듯했으며, 나가면서 나에게 '안녕하세요?'라고 재빨리 말하고는 나가 버렸어. 그게 다야."

"줄리엣을 다시 보지 못했어?"

아벨은 잠시 주춤했습니다.

"봤지. 알리사가 떠난 후, 나는 방의 문을 조금 밀어서 열었어. 줄리엣은 그곳에 가만히 서서 벽난로 앞에 팔꿈치를 올리고 턱을 두 손으로 괴고, 거울 속에 비친 자신의 모습을 뚫어지게 바라보고 있었지. 내가 들어가는 소리를 들었지만 돌아보지도 않고, 발을 쿵쿵 구르며 '오, 제발 나를 혼자 있게 해주세요!'라고 소리를 지르더군. 그 소리가 너무도 거칠고 매몰차서 나는 더 이상 묻지도 못하고 그 자리를 나와 버렸어. 그게 전부야."

"그럼 이제는?"

"아! 너에게 이야기를 털어놓으니 기분이 한결 가벼워졌군……. 그리면 이제는? 글쎄! 너는 줄리엣의 사랑을 치료해주는 게 좋을 거야. 내가 알리사를 잘못 보지 않았다면, 알리사가 너를 원하기 전에 너는 알리사를 잃게 될 테니까."

우리는 한동안 말없이 조용히 걸었습니다.

"돌아가자."

아벨이 마침내 말을 꺼냈습니다.

"손님들은 이제 갔을 거야. 아버지가 나를 기다릴까 봐 걱정이
야."

우리는 돌아왔습니다. 실제로 응접실은 텅 비어 있었고, 크리
스마스트리 주위 문간방에는 가지가 다 벗겨지고 거의 모든 불이
꺼진 상태에서, 나와 이모, 그녀의 두 자녀, 뷔콜랭 외삼촌, 미스
애슈브르통, 보띠에 목사, 사촌들, 그리고 다소 우스꽝스러운 외
모의 한 남자가 남아 있었습니다. 나는 그 남자가 이모와 오랫동
안 이야기하고 있는 것을 보았으나, 그 순간에야 줄리엣이 나에게
말했던 구혼자라는 것을 알아차렸습니다. 그 남자는 우리들 중
누구보다도 몸집이 크고 강하며 혈색이 더 뚜렷하고, 거의 대머리
에 다른 계층, 다른 세계, 다른 인종으로, 자신이 우리 사이의 이
방인이라는 것을 깨닫는 듯했습니다. 그는 거대한 콧수염을 가지
고 있었고 희끗희끗하고 어마어마한 콧수염을 초조하게 비틀거
나 잡아당기고 있었습니다.

현관 입구의 문이 열려 있었지만 조명이 켜져 있지 않았습
니다. 우리는 소리 없이 들어왔고 아무도 우리의 존재를 알아차
리지 못했습니다. 끔찍하고 불길한 예감이 나의 뇌리를 스쳐지나
갔습니다.

"멈춰!"

아벨이 내 팔을 붙잡으며 말했습니다. 그러고 나서 우리는 그

다소 우스꽝스러운 외모의 한 낯선 남자가 줄리엣에게 다가가 그녀가 저항 없이 내어준 손을 잡는 모습을 보았습니다. 밤이 내 가슴을 덮었습니다.

"오, 아벨! 무슨 일이지?"

나는 마치 이해하지 못하는 것처럼 속삭였습니다. 혹은 내가 올바르게 이해하지 않기를 바라는 듯이.

"맙소사! 줄리엣이 한발 더 나아가고 있군."

그는 새어나오는 듯한 소리를 내며 말했습니다.

"줄리엣은 언니에게 뒤처지고 싶지 않은 거야. 천사들이 하늘에서 박수를 치고 있겠군, 틀림없어!"

외삼촌이 미스 애슈브르통과 이모에게 둘러싸여 있는 줄리엣의 볼에 입을 맞추었습니다. 보띠에 목사님이 가까이 다가왔습니다. 나는 한 걸음 앞으로 나섰습니다. 그때 알리사는 나를 보았고, 그녀는 부들부들 떨면서 나에게 달려왔습니다.

"오, 제롬! 그럴 수는 없어. 줄리엣은 그 남자를 사랑하지 않아! 바로 오늘 아침에도 나에게 그렇게 말했어! 제발 말려 줘, 제롬! 오! 저 애는 도대체 어떻게 되려고?"

알리사는 필사적으로 간청하며 내 어깨에 매달렸습니다. 나는 알리사의 고통을 덜어주기 위해서라면, 내 목숨까지도 바쳤을 것입니다.

갑자기 크리스마스트리 근처에서 혼란스럽게 웅성거리는 소리가 들렸고, 우리는 급히 달려갔습니다. 줄리엣이 이모의 품에 정신을 잃은 상태로 안겨 있었습니다. 모든 사람들이 그녀 주위에 모여들어 그녀를 쳐다보고 있어서 나는 그녀를 거의 볼 수 없었습니다. 줄리엣의 얼굴은 끔찍할 정도로 창백하게 변해 있었고, 느슨해진 머리카락의 무게에 의해 뒤로 끌려가는 듯 보였습니다. 줄리엣의 몸이 경련을 일으키는 것으로 보아, 이는 보통의 기절이 아닌 것 같았습니다.

"안 돼, 안 돼!"

이모가 소리쳤습니다. 이모는 불안해하는 뷔콜랭 외삼촌을 안심시키려고 노력했습니다. 보터에 목사님은 이미 그의 집게손가락으로 하늘을 향해 가리키면서 위로하고 있었습니다.

"아니, 아무렇지도 않을 거예요. 감정의 영향일 뿐이에요. 그냥 신경발작이에요. 테시에르 씨, 좀 도와주세요, 몸이 튼튼한 분이니까요. 우리는 그녀를 내 방으로, 내 침대 위로 옮길 거예요."

그러고는 이모가 큰아들에게 몸을 숙여 귀에 뭔가를 속삭였고, 나는 그가 즉시 의사를 불러오기 위해 떠나는 것을 보았습니다.

이모와 낯선 남자는 줄리엣의 어깨를 받치고 있었고, 줄리엣은 그들의 품에 반쯤 눕고 있었습니다. 알리사는 동생의 발을 들어 올리고 부드럽게 안았습니다. 아벨은 뒤로 넘어질 뻔한 그녀의 머리를 떠받치고 있었습니다. 나는 아벨이 줄리엣의 흩날리는 머리를 모으며 여러 번 입맞춤을 하는 모습을 보았습니다.

방 밖에서 나는 멈춰 섰습니다. 줄리엣은 침대에 누워 있었고, 알리사는 테시에르 씨와 아벨에게 내가 듣지 못한 몇 마디의 말을 했습니다. 알리사는 테시에르 씨와 아벨을 문까지 동행하며 동생을 쉬게 해 달라고 부탁했습니다. 알리사는 플랑티에 이모 외에는 아무도 없이 혼자 있고 싶어 했습니다. 아벨은 내 팔을 잡아끌며 나를 밖으로 끌어냈습니다. 우리는 어둠 속으로 나가서 목적도 없이, 용기도 없이, 성찰도 없이 오랫동안 걸었습니다.

5

나는 알리사에 대한 사랑 외에는 그 어떤 것에도 내가 살 이유를 찾지 못했고, 나는 아무것도 기대하지 않으면서 그것에 집착했습니다. 알리사로부터 오는 것 말고는 아무것도 기대하지 않았고, 이제는 더 이상 기대하고 싶지도 않았습니다.

다음 날 아침, 알리사를 보러 가기 위해 준비하고 있을 때, 이모가 방금 받은 다음 편지를 나에게 건네주었습니다.

…… 줄리엣의 극심한 불안정함은 의사의 처방으로 아침나절이 되어서야 간신히 안정을 되찾을 수 있었어요. 나는 제롬이 며칠 동안 우리를 보러 오지 말기를 부탁해요. 줄리엣은 제롬의 발소리나 목소리를 알아들을 수 있기 때문에, 최대한의 안정이 필요하기 때문이에요.

줄리엣의 상태 때문에 내가 여기 있어야 할 것 같아 걱정이 많아요. 내가 제롬이 떠나기 전에 그를 볼 수 없다면, 제롬에게 말해줘요, 이모, 내가 그에게 편지를 쓸 것이라고……

뷔콜랭 외삼촌의 문은 나에게만 굳게 닫혀 있었습니다. 이모나 다른 누구든지 그 문을 두드리는 것은 자유로웠고, 이모는 사실 그날 아침에도 가고 있었습니다. 나의 발소리와 목소리라고! 정말로 어이없는 변명거리람! 아무튼 상관없어.

"알겠어요, 나는 가지 않을 겁니다."

나는 이모에게 말했습니다. 당장 알리사와 다시 만나지 못하는 것은 나에게는 커다란 슬픈 일이긴 했지만, 동시에 그녀를 만나는 것도 또한 두려웠습니다. 알리사가 내게 동생 줄리엣의 상태에 대해 책임을 물어올지도 모른다는 두려움이 있었기 때문에, 그녀가 화난 모습을 보는 것보다 다시는 보지 않는 것이 더 견디기 쉬웠습니다. 어쨌든, 나는 아벨을 만나보리라 결심했습니다. 그의 문 앞에서, 하인이 나에게 쪽지를 주었습니다.

나는 네게 걱정하지 않도록 이 말을 남긴다. 줄리엣과 그렇게 가까운 르아브르에 머무르는 생각은 참을 수 없었다. 나는 어젯밤 너를 떠난 직후 영국 사우샘프턴행 배표를 끊고 출발했다. 나는 방학의 나머지 기간 동안을 런던의 S와 함께 보낼 거야. 우리는 학교에서 다시 만나자.

인간의 모든 도움은 동시에 나를 실망시켰습니다. 나는 오직 나에게만 고통스러울 수 있는 체류를 연장하지 않고 학기 시작 전에 파리로 돌아왔습니다. 나는 '모든 진정한 위로와 모든 좋은 선물이 오는' 하나님께 내 시선을 돌렸습니다. 나는 내 걱정을 주님께 드렸습니다. 나는 알리사도 역시 주님에게 피신하고 있다고 생각했으며, 그녀가 기도하고 있다는 생각이 내 기도를 한층 격려하고 고양시켰습니다.

그 후로 긴 명상과 연구의 시간이 있었고, 그 사이에는 알리사의 편지와 나의 편지 외에는 아무런 사건이 없었습니다. 나는 알리사의 모든 편지를 보관해왔습니다. 그 덕분에 나는 이 시점부터 내 기억이 희미해질 때 이 편지들을 기준으로 더듬어 갈 생각입니다.

나는 이모에게서 르아브르에 대한 소식을 들었고, 처음에는 오직 이모에게서만 소식이 날아왔습니다. 나는 이모를 통해 줄리엣의 불행한 상태가 처음 며칠 동안 얼마나 많은 걱정을 불러일으켰는지 알게 되었습니다. 내가 떠난 지 12일 후, 나는 마침내 알리사에게서 이 편지를 받았습니다.

사랑하는 제롬, 더 일찍 편지를 쓰지 못한 것을 용서해줘. 우리 불쌍한 동생 줄리엣의 상태가 나에게 거의 시간을 주지 않았어. 네가 떠난 이후로 나는 줄리엣 곁을 거의 떠날 수가 없었어. 내가 고모에게 너에게 우리의 소식을 전해달라고 부탁했는데, 아마 그렇게 해주셨을 거야. 그래서 너는 줄리엣이 지난 3일 동안 더 좋아졌다는 것을 알고 있을 테지만. 나는 이미 하나님께 감사드리지만, 아직 행복한 기분을 느끼기에는 두려워.

지금까지 내가 로베르에 대해서 거의 이야기하지는 않았지만, 내가 파리로 돌아온 지 며칠 후에 그를 통해 자기 누이들에 대한 소식을 전해들을 수 있었습니다. 로베르의 누이들을 위해 나는 내 성격으로 마음이 내키지는 않았지만 그와 더 많은 시간을 보냈습니다. 로베르가 공부하는 농업학교가 쉴 때마다, 나는 그를 데리고 다니며 그를 즐겁게 해주기 위해 상당한 노력을 기울였습니다.

로베르를 통해서 나는 내가 알리사나 이모에게 감히 물어보지 못했던 것을 알게 되었습니다. 에두아르 테시에르 씨가 줄리엣을 매우 열심히 찾아왔지만 로베르가 르아브르를 떠날 때까지 줄리엣은 그를 만나보지 않았습니다. 또한 내가 떠나온 이후로 줄리엣이 언니에게 끈질기게 침묵을 지켰고 아무에게도 그 고집 센 침묵을 깨뜨리지 않았다는 것도 알게 되었습니다.

그때 나는 얼마 지나지 않아 이모로부터, 줄리엣이 그녀의 약혼이 하루빨리 공표되기를 고집했다고 들었습니다. 내가 본능적으로 느끼기에는 알리사의 바람은 줄리엣의 약혼이 즉시 깨지기를 바라는 것이었습니다. 조언이나, 명령이나, 간청으로도 줄리엣

의 이러한 결단에 대해서는 허사였고, 그것은 줄리엣의 이마에
아로새겨진 주름처럼 고정된 듯 보였으며, 그녀의 눈을 가리고 있
는 붕대처럼 보였으며, 그녀를 침묵 속으로 가두어 버린 것 같았
습니다.

시간이 흘러갔습니다. 나는 알리사에게서 ─ 사실, 나는 그녀에
게 무엇을 써야 할지 알지 못했습니다. ─ 가장 실망으로 가득 찬
편지만을 받아 보았습니다. 두꺼운 겨울 안개가 나를 감싸고 있
었고, 나의 학업과 나의 사랑과 신념의 모든 열정은 불행하게도
내 마음속의 어둠과 추위를 막아주는 데 아무런 도움이 되지 않
았습니다.

시간이 흘러갔습니다. 그러다가 어느 갑작스러운 봄날 아침에,
르아브르에 없었던 이모에게 보낸 알리사의 편지를 내게도 전해
주었습니다. 그 편지 내용 중에서, 나는 내 이야기의 실마리를 제
공하는 부분을 다시 여기에 적습니다.

나의 온순함을 칭찬해 주세요. 고모가 조언해준 대로, 나는 테시
에르 씨를 만나 그와 긴 이야기를 나누었어요. 그의 행동이 완벽했
다고 고백할 수밖에 없어요. 처음에 우려했던 것처럼 줄리엣과의
결혼이 그렇게 나쁘지 않을 수 있다는 점까지, 거의 믿게 되었다고
인정해요. 확실히 줄리엣은 그를 사랑하지는 않지만, 매주 그가 줄
리엣의 사랑을 받을 가치가 있는 사람처럼 보인다는 생각이 들어

요. 테시에르 씨는 이번 일의 상황에 대해서도 매우 통찰력 있게 이야기하며, 제 동생의 성격에 대해서도 그리 나쁘게 보고 있지 않더라고요. 하지만 그는 줄리엣에 대한 자신의 사랑의 효과에 대해 큰 믿음을 가지고 있으며, 그의 인내로 극복하지 못할 것은 없다고 스스로를 치켜세웁니다. 즉, 그는 지금 줄리엣에게 매우 사랑에 빠져 있는 걸요.

정말! 나는 로베르를 위해 제롬이 고생하는 모습을 생각해 보면서 정말 감동받고 있어요. 나는 제롬이 의무감에서 그렇게 로베르를 잘 대해 주는 것이라고 생각해요. 로베르의 성격은 제롬의 성격과 매우 다르니까요-어쩌면 나를 기쁘게 하려고 하는 것일 수도 있어요.-하지만 의심할 여지없이 제롬은 이미 사람이 받아들일 의무의 부담이 크면 클수록, 그만큼 영혼이 가꾸어지고 더욱 고양된다는 것을 깨닫게 되었을 거예요. 고모는 이것이 매우 고귀한 생각이라고 하겠지만, 고모의 어리석은 조카딸을 너무 비웃지는 마세요. 이것들이 저에게 힘을 주고, 줄리엣의 결혼을 좋은 일로 바라보려고 노력하게 해주는 생각이기 때문이니까요.

사랑하는 고모, 고모의 따뜻한 배려는 나에게 얼마나 소중한지 몰라요. 그러나 제가 불행하다고 생각하지는 마세요. 오히려 정반대의 경우라고 할 수 있을 것 같아요. 왜냐하면 줄리엣이 방금 겪은 시련이 나에게도 영향을 미쳤기 때문이에요. 제가 예전에는 그 의미를 잘 이해하지 못하고 반복해서 읽던 성경의 말씀들이 갑자기 나에게 명확하게 전해졌으니까요.

'사람을 의지하는 자에게 저주가 있을지어다.'*

내가 성경에서 이 구절을 만나기 훨씬 이전에, 나는 제롬이 12살이 채 되지 않았을 때, 그리고 제가 14살일 때, 제롬이 나에게 보낸 작은 크리스마스카드에서 이 구절을 읽었어요. 그 카드에는 우리가 당시 아름답다고 생각했던 꽃다발과 함께, 코르네유**의 주석에서 발췌한 다음과 같은 시구가 있었어요.

세상에서 승리한 그 어떤 매력이
오늘 나를 하나님께로 이끌 것인가?
사람들 위에 자신의 기둥을 세우는 자는
불행하리라!

사실 난, 이 주석 시보다는 〈예레미야〉의 간결하고 소박한 구절을 더 좋아한다고 고백합니다. 의심할 여지없이, 제롬은 그 당시에 대충 별다른 주의를 기울이지 않고 이 카드를 선택했지만, 그의 편지로 판단하자면 현재 그의 마음가짐은 나와 별반 다르지 않아요. 그래서 나는 매일 하나님께 감사드리고 있어요. 그분이 우리 둘을 동시에 더욱 가까이 이끌어 주신 것에 대해서……

나는 고모와의 대화를 잊지 않고, 제롬의 공부를 방해하지 않기 위해 예전처럼 많이 글을 쓰지 않기로 했어요. 고모는 아마도 내가

---

* 예레미야 17장 5절
** 1606~1684, 프랑스의 극작가이자 시인

그에 대해 더 많이 이야기함으로써 그에게 직접 편지 쓰지 못하는 걸 그만큼 보상받고 있다고 생각하실 것 같네요. 너무 길어지면 안 될 것 같으니까, 지금 바로 내 편지를 끝내겠어요. 이번에는 나를 너무 꾸짖지 마세요.

이 편지가 내게 불러일으킨 반향은 대단했습니다! 나는 이모의 간섭을 저주했습니다(알리사가 언급한 대화는 무엇이었고, 그녀의 침묵의 원인은 무엇이었을까?) 그리고 나에게 이 편지를 전달하게 만든 서투른 선의 또한. 알리사의 침묵을 견디기가 이미 힘든데, 그녀가 나에게 하지 않은 말들을 다른 사람에게 편지를 써서 보낸다는 것을 모르고 지내는 것이 몇 천 배나 저 나았을까요? 이렇게 생각이 들자, 편지의 모든 것이 나를 불쾌하게 만들었습니다. 알리사가 이모에게 우리의 사사로운 일들에 대해 그렇게 쉽게 말하는 모습! 그녀의 어조의 자연스러움, 그녀의 평정, 진지함, 그리고 유머러스한 글 등이 나를 자극했습니다.

"아니, 아니, 친구야! 편지 속의 어떤 내용도 너를 자극하지 않아, 오직 그 편지가 너에게 직접 전달되지 않았다는 사실만이 너를 자극할 뿐이라고."

내 매일의 동반자인 아벨이 말했습니다. 아벨은 내가 이야기할 수 있는 유일한 사람이었기 때문에, 그리고 내 외로움 속에서 나는 끊임없이 약함, 동정에 대한 그리움, 자신감 결여로 그에게 끌렸고, 내가 잘못했을 때는 우리의 성격의 차이에도 불구하고―아니, 오히려 그 차이 때문에–그의 조언에 대한 믿음을 나는 갖고 있었습니다.

"이 편지를 연구해보자."

아벨이 편지를 자신의 책상 위에 펼치면서 말했습니다.

사흘 밤을 이미 나는 불만을 품고 있었고, 나는 나흘 동안 그 불만을 내 스스로 참고 있었습니다. 나는 거의 자연스럽게 아벨에게 다가갔습니다.

"줄리엣–테시에르 사건은 사랑의 불길에 맡기자고! 우리는 그 불길의 가치를 우리 서로 잘 알고 있잖아. 내 말이 맞는다면, 테시에르 씨는 그 불꽃에 날개를 태울 나방 같군."

"그만해!"

내가 말했습니다. 그의 농담은 내게는 매우 불쾌했습니다.

"나머지 문제로 넘어가자."

"나머지 문제? 나머지 문제는 모두 너를 위한 거야. 너는 불만을 가질 게 별로 없어. 한 줄도, 한 마디도 너를 생각하지 않은 것이 없어. 이 편지가 전부 너에게 도착했다고 말할 수 있을 정도거든. 펠리시 아줌마가 너에게 이 편지를 보냈을 때, 그녀는 단지 그것을 정당한 주인에게 보낸 것뿐이야. 알리사는 너 대신에 맘씨 좋은 아줌마에게 임시로 편지를 쓴 거야. 코르네유의 구절이 너의 이모에게 무슨 상관이 있을까(참고로, 이 구절은 라신의 시야)? 너에게 알리사가 이야기하고 있다고 말하는 거야. 그녀는 모든 것을 너에게 말하고 있어. 만약 2주일 이내에 알리사가 너에게 이처럼 길고, 쉽고, 기분 좋은 편지를 쓰지 못하도록 한다면, 너는 그저 바보일 뿐이야……."

아벨이 말했습니다.

"알리사는 도무지 그렇게 하지를 않는단 말이야!"

"알리사가 그 길을 가는 것은 오직 너에게 달려 있어! 내 조언을 듣고 싶어? 나희들의 사랑이나 결혼에 대해 당분간은 한마디도 하지 마. 동생인 줄리엣의 불행 이후로 알리사가 그렇게 원망을 품고 있다는 것을 모르겠어? 그러니까 이제부터는 그녀와 남매간이라는 것에 대해 계속 이야기하고 그 젊은 바보를 보살필 수 있는 인내가 있다면 로베르에 대해 꾸준하게 써 보내란 말이야. 알리사의 머리만 즐겁게 해주기만 하면 된다고. 나머지 일은 자연스럽게 잘 풀릴 거야. 아! 내가 그녀에게 편지를 쓸 수만 있다면!"

"아벨, 넌 그녀를 사랑할 자격이 없어."

그럼에도 불구하고 나는 아벨의 조언을 따랐습니다. 그리고 실제로 알리사의 편지는 곧 더 활기차지기 시작했습니다. 하지만 나는 줄리엣의 행복이라고는 할 수 없을지라도 상황이 좋아지기 전에는 알리사가 진정한 기쁨을 느끼거나 아니면 걱정 없이 자신을 내게 맡기는 것을 기대할 수는 없었습니다.

알리사가 내게 전해준 줄리엣의 소식은 차츰 좋아지고 있었습니다. 줄리엣의 결혼식은 7월에 열릴 예정이었고, 알리사는 내가 이 시기에 아벨과 나의 학업에 몰두하고 있을 것이라고 생각한다고 나에게 편지를 썼습니다. 나는 알리사가 우리가 줄리엣의 결혼식에 참석하지 않는 것이 더 나을 것이라고 판단을 내렸다고 이해했고, 그래서 우리는 어떤 시험이 있다는 핑계를 대며 축하 편지만을 보내는 것으로 인사치레를 했습니다.

줄리엣의 결혼식이 있은 지 약 보름이 지나서 알리사는 나에게 이렇게 편지를 썼습니다.

내 사랑 제롬,

어제 네가 나에게 준 매력적인 라신의 시집을 무작위로 펼치다가 내가 얼마나 놀랐는지 상상해 보렴. 지난 10년 동안 내 성경에 간직되어 온 네 작고 오래된 크리스마스카드에 적혀 있는 네 줄의 시구를 발견했거든.

세상에서 승리한 그 어떤 매력이
오늘 나를 하나님께로 이끌 것인가?
사람들 위에 자신의 기둥을 세우는 자는
불행하리라!

나는 이 시구가 코르네유의 주석에서 온 것이라고 생각했었고, 솔직히 이 시구을 별로 좋게 생각하지는 않았어. 그런데 네 번째 '영송가'를 읽어가면서 나는 너무 아름다워서 네게 전해주고 싶어서 견딜 수 없는 몇 구절을 발견했단다. 네가 책 여백에 적어 놓은 무례한 이니셜로 보아, 너도 이미 알고 있을 것이라고 생각해(사실 나는 내가 좋아하고 알리사에게 알려주고 싶은 모든 구절 앞에 그녀의 이름 첫 글자로 내 책과 알리사 책에 마음대로 적어 넣는 습관이 있었습니다.). 상관없어! 나는 내 즐거움을 위해 그것들을 써내려 간 것이니까. 처음에는 내가 발견한 것이라고 생각했던 것을 네가 지적한 것에 대해 약간 화가 났었지만, 이 제멋대로인 기분은 너도 나처럼 그것들을 좋아한다는 생각에 대한 즐거움으로 얼마 지나지 않아 사라졌단다. 내가 이 편지에 적어 놓으니, 너와 함께 그것들을 다시 읽고 있는 것 같은 기분이 드는구나.

불멸의 지혜의 목소리가
울려 퍼지며 우리를 가르치노라.
"인간의 자녀들이여,
너희들의 수고로 얻은 열매는 무엇인가?
그 어떤 과오로, 헛된 영혼들이여,
너희들의 가장 순수한 피로
너희들의 혈관 속에서 이토록 자주 사는 것인가?
너희들을 다시 채워주는 빵이 아닌,
앞서보다도 더 배고프게 만드는
한줄기 그림자를.
내가 너희들에게 권하는 이 빵은
천사들에게 필요한 양식으로 쓰이는 것이다.

주께서 그의 밀 꽃에서 직접 고르시어

만드신 것이다.

이 빵은 정말 맛있어서

너희들이 따르는 세계에서의

식탁에는 절대 올리지 않는다.

나는 나를 따르고 싶은 사람에게 이 빵을 주노라.

가까이 오라. 너희들은 살고 싶은가?

가져가라, 먹어라 그리고 살아라."

* *

행복한 포로의 영혼은

주의 멍에 아래서 평안을 찾고,

결코 고갈되지 않는

생수에 목마름을 해결하네.

모두가 이 물을 마실 수 있으니

모든 사람들을 초대하지.

그러나 우리는 미친 듯이

진흙구덩이의 샘을 찾거나

언제나 물이 새는

거짓된 통들을 찾아 나서네.

얼마나 아름다운가! 제롬, 얼마나 아름다워! 너는 정말 내가 생각하는 만큼 아름답다고 생각하니? 내가 가지고 있는 판본의 작은 주를 보면 맹뜨농 부인이 도말르 양이 이 송가를 부르는 것을 듣고 감탄하여 "눈물을 몇 방울 흘렸다"라고 적혀 있어. 그리고 맹뜨농 부인은 그 곡의 일부를 다시 부르도록 지시했데. 나는 이제 이 송가를 완전히 암송하고, 아무리 암송해도 지치지 않아. 나의 유일한 아쉬움은 네가 송가를 읽는 것을 듣지 못했다는 거야.

신혼여행중인 부부로부터 들려오는 소식은 계속해서 매우 좋은 소식뿐이야. 줄리엣이 무더운 더위에도 불구하고 바욘*과 비아리츠**에서 얼마나 즐겁게 지냈는지 너도 이미 알고 있지? 그 이후에 그들은 폰타라비아를 방문하고, 부르고스***를 지나며, 피레네 산맥을 두 번씩이나 넘어갔다고 해. 이제 줄리엣은 몬세라트****에서 나에게 열정적인 편지를 썼어. 그들은 님므로 돌아가기 전에 바르셀로나에서 열흘 더 머물 계획이라고 하네. 에두아르의 포도 수확 준비를 하기 위해 9월 이전에 님므로 돌아가서 수확철을 챙기고 싶어 하더라고.

아버지와 나는 이제 퐁그즈마르에 와 있은 지 일주일이나 지났고, 미스 애슈브르통도 내일이면 오실 것이고, 로베르도 나흘 후에

---

* 프랑스 남서부의 항구 도시
** 프랑스 서남부, 휴양지
*** 스페인 북부의 도시, 유명한 고딕 양식의 대사원이 있음
**** 스페인 동북부, 바르셀로나 서북쪽에 있는 산

오기로 되어 있어. 너도 알다시피 불쌍한 로베르가 시험에 떨어졌다는 사실을 너도 알고 있지? 시험이 어려웠다기보다는 시험관이 로베르에게 아주 특이한 질문을 던져서 너무 당황했던 모양이야. 로베르가 공부에 대한 열의가 대단하다고 네가 말했던 것을 보면, 로베르가 제대로 준비하지 않았다고는 할 수 없을 것 같아. 아무래도 그 시험관이 사람들을 곤경에 빠트리는 것을 즐기는 것 같다고 해야 할까.

너의 합격에 관해서는, 제롬, 그것은 너무 자연스러운 것이어서 내가 너에게 축하한다고 말할 수는 없을 것 같아. 나는 너를 많이 신뢰하고 있거든, 제롬! 너를 생각할 때마다 내 마음은 희망으로 가득 차게 돼. 네가 일전에 말했던 그 일을 지금 즉시 시작할 수 있을까?

이곳의 정원에서는 아무것도 변한 게 없지만, 그래도 집은 매우 텅 비어 보이네! 너는 내가 올해에는 오지 말라고 부탁한 이유를 이해했을 거야, 그렇지? 나는 그렇게 하는 것이 더 나을 거라고 생각하거든. 매일 그렇게 마음속으로 되새기고 있어. 너를 보지 않고 이렇게 오랫동안 지내는 것은 힘들기 때문이야. 가끔 나는 무의식적으로 너를 찾곤 해. 내가 책을 읽으면서도 중간에 문득 멈추고, 급하게 뒤를 돌아보기까지 해. 네가 마치 그곳에 있는 것처럼 느껴지니까!

나는 편지를 계속 쓰고 있어. 지금은 모두 잠들어 있는 깜깜한 밤이야. 나는 열린 창가에 앉아 너에게 편지를 쓰며 늦게까지 깨어 있어. 정원은 향기로 가득 차 있고, 하늘의 공기는 아주 따뜻해. 우리

가 어렸을 때, 정말 아름다운 것을 보거나 듣는 순간마다, 우리는
스스로에게 '이것을 만들어 주셔서 감사합니다, 주님'이라고 말하
곤 했지. 오늘 밤 나는 온 마음을 다해 '이렇게 아름다운 밤을 만들
어 주셔서 감사합니다, 주님'이라고 말했어! 그리고 갑자기 네가 그
곳에 있었으면 좋겠다고 생각했어. 네가 내 곁에 있는 듯한 그런 사
무치는 강렬한 감정이 들어서 아마 너도 그 감정이 느껴졌을 거야.

그래, 네 편지에서 네가 말한 대로 '올바르게 태어난 영혼에 있어
서는' 감탄과 감사가 혼동된다고 말했었지. 내가 너에게 쓸 수 있는
다른 내용들이 얼마나 많은지 알아! 줄리엣이 말하는 빛나는 나라
를 생각하고 있어. 더 광활하고 여전히 더 빛나는, 더욱 황량한 다
른 나라들도 생각하고 있지. 언젠가-그러나 어떻게 할지는 모르겠
지만-너와 내가 함께 어떤 큰 신비스러운 나라를 보게 될 것이라는
'이상한' 확신이 내 마음에 깃들어 있어. 하지만 아! 어떤 나라인지
말해줄 수는 없네…….

내가 얼마나 기쁜 마음으로, 사랑의 흐느낌으로 이 편지를
읽었는지 의심할 여지가 없습니다! 다른 편지들도 이어서 왔습
니다. 알리사는 정말로, 내가 퐁그즈마르에 오지 않은 것에 대해
나에게 고마워했고, 올해에도 또한 그녀를 보려고 하지 말라고
간청했지만, 그러면서도 나의 부재를 무척 아쉬워했고, 이제는 나
를 만나기를 원하고 있다고 했습니다. 편지의 각 페이지마다 같은
호소가 울려 퍼져 있습니다. 나는 그것을 참아낼 힘을 어디서 찾

았을까요? 아벨의 조언에서 찾았을 것이고, 갑자기 내 기쁨을 망쳐버릴까 봐 하는 두려움에서 찾을 것이고, 그리고 내 마음의 경향에 대한 의지의 본능적인 긴장에서 찾았을 것입니다.

후속 편지들 중에서 내 이야기와 관련된 모든 것을 여기에 옮겨 적어보고자 합니다.

사랑하는 제롬,

나의 마음은 네가 보낸 편지를 읽어 내려가면서 기쁨으로 녹아내리는 것 같아. 나는 오르비에토*에서 네 편지에 대한 답장을 하려고 하던 순간, 페루자**와 아시시***에서 온 아버지의 편지가 함께 도착했어. 내 마음은 떠돌이 나그네처럼 변했고, 내 몸만 여기서 머물러 있는 것 같아. 사실, 나는 너와 함께 움브리아의 하얀 길을 걷고 있는 듯 해. 나는 아침에 너와 함께 출발해 새롭게 창조된 눈으로 새벽을 바라보는 듯……. 네가 정말로 코르토나****의 테라스*****에서 나를 불렀니? 그래, 나도 들었거든……. 우리는 아시시 위의 언덕에서는 엄청나게 목이 말랐었지만, 프란체스코 회의 수도사가 준 물 한 잔이 얼마나 좋았었는지! 오, 나의 제롬! 나는 너를 통해서 모든 것을 바라보고 있어. 네가 성 프란체스코에 대해 알려준 이야기

---

* 이탈리아 중부 움브리아 지방의 도시
** 이탈리아 중부 움브리아 지방의 중심 도시
*** 이탈리아 중부 움브리아 주 동부의 소도시
**** 이탈리아 중부 토스카나 주의 도시
***** 경사면을 계단 모양으로 깎은 언덕

는 얼마나 좋았었는지 몰라! 정말로, 우리가 찾아야 할 것은 마음의 해방이 아닌 날아갈 듯한 행복감이 아닐까? 마음의 해방은 역겨운 자존심을 가진 자와 함께할 뿐이지. 야망은 반항하기 위한 수단이 아닌 봉사하기 위한 것에 써야만 해.

님므에서 오는 소식들은 너무 좋아서, 하나님이 나에게 기쁨을 느낄 수 있도록 허락을 해 주신 것 같아. 올여름의 유일한 근심거리는 불쌍한 우리 아버지의 상태야. 내가 최선을 다해서 돌봐드려도 아버지는 여전히 슬퍼하시고, 오히려 내가 아버지를 혼자 있게 두면 바로 슬픔으로 되돌아가고, 그 상태에서 아버지를 돌봐드리는 것은 점점 더 어려워지고 있어. 우리 주변의 자연의 모든 기쁨으로 가득 찬 속삭임들도 아버지에게는 낯설게 느껴지시는 듯한가 봐. 아버지는 더 이상 그 자연의 속삭임을 이해하려는 노력조차 하지 않고 있어. 미스 애슈브르통은 잘 지내고 있어. 나는 그녀와 아버지께 네 편지를 소리 내어 읽어드리고 있어. 각 편지는 우리에게 삼일 동안 이야기할 거리가 되거든. 그리고 나면 또 다시 새로운 편지가 도착하지……

…… 로베르는 그저께 여기를 떠났어. 로베르는 그의 친구 R과 함께 남은 휴가를 보낼 예정이라고 해. 친구 R의 아버지는 모범 농장을 운영하고 있다고 하더라. 분명 우리와 함께 여기에서 보내는 삶이 로베르에게는 그렇게 재미있지는 않았나봐. 로베르가 떠나겠다고 이야기했을 때, 나는 그의 생각을 지지할 수밖에 없었어.

…… 나는 네게 할 말이 너무나 많아. 나는 끝없는 대화가 필요하

다는 갈증을 느껴! 때때로 나는 단어도, 뚜렷한 아이디어도 생각나지 않을 때가 있어-오늘 저녁에도 나는 꿈결처럼 글을 쓰고 있어-그리고 내가 깨달은 것은 주고받을 무한한 부자로부터 느껴지는 고통스러운 감각을 지니고 있다는 거야.

어떻게 우리는 그렇게 오랜 시간 동안 침묵을 지킬 수 있었을까? 의심할 여지없이 우리는 동면 중이었을 거야. 아! 우리 침묵의 끔찍한 겨울이 영원히 지나가기를! 이제 내가 다시 너를 찾은 지금, 삶, 생각, 우리의 영혼-모든 것이 아름답고, 사랑스럽고, 무한히 풍요로워 보여.

9월 12일

나는 피사[*]에서의 네 편지는 잘 받았어. 여기 날씨도 아주 좋아. 노르망디^{**}가 이렇게 아름답다고 생각한 적은 없었어. 그저께 나는 무작정 시골을 가로질러 엄청나게 오래도록 산책을 했단다. 집에 돌아왔을 때 나는 피곤하다기보다는 흥분에 찬 기분이었고, 태양과 기쁨으로 거의 취한 듯한 기분이었어. 타는 듯한 태양 아래에서의 건초 더미가 얼마나 아름다웠는지! 내가 본 모든 것이 너무나도 훌륭해서 구지 이탈리아에 있다고 상상할 필요가 없을 정도였거든.

그래, 제롬, 네가 말한 대로, 내가 자연의 "어우러진 찬가"에서 듣

---

* 이탈리아 토스카나 주 피사현의 주도, 피사의 사탑이 유명함
** 영국 해협에 면한 프랑스 서북의 지방

고 이해하는 것은 즐거움에 대한 권유였지. 나는 모든 새의 노래에서 그 권유를 듣고, 모든 꽃의 향기에서 그 권유를 느끼며, 나는 '경배'를 기도의 유일한 형태로 이해하는 경지에 이르렀어. 나는 성 프란체스코와 함께 "오직 주여! 주여!"라고-형언할 수 없는-이루 말할 수 없는 가득 찬 사랑으로 되풀이하고 있어.

내가 무식해지지나 않나 하고 너무 두려워하지는 마. 최근에는 책을 많이 읽었으니까. 비 오는 날이 며칠 지속되다 보니까 나의 경배를 책 속에 접어 넣을 수 있었거든. 〈말브랑슈*〉를 다 읽고 나서 라이프니츠**의 〈클라크에게 보내는 편지들〉을 지금 바로 읽기 시작했어. 그 후, 휴식 삼아 셸리***의 〈첸치****〉를 읽었는데, 별로 재미는 없었어. 〈미모사*****〉도 읽었어. 너를 아주 화나게 할지도 모르지만, 우리가 작년 여름에 함께 읽었던 키츠******의 네 편의 서정시와 바꾼다면 나는 셸리의 거의 모든 작품과 바이런*******의 모든 작품을 내주어도 아깝지 않을 것 같아. 마치 내가 모든 위고********를 보

---

* 1638~1715, 프랑스의 철학자
** 1646~1716, 독일의 철학자·수학자
*** 1792~1822, 영국의 시인
**** 1577~1599, 이탈리아의 여성. 부친을 살해한 것으로 유명하며, 여러 가지 소설이나 시의 제재(題材)가 되기도 했음.
***** 닿으면 오그라드는 잎을 가진 아카시아의 일종
****** 1795~1821, 영국의 시인
******* 1788~1824, 영국의 시인
******** 1802~1885, 프랑스의 시인·작가

들레르*의 몇몇 소네트**와 바꿔 줄 수 있는 것처럼. '위대한 시인'이라는 단어는 아무 의미가 없어-중요한 것은 '순수한' 시인이 되는 거야. 오, 제롬이여! 이런 것들을 이해할 수 있게 해 주고 사랑할 수 있는 방법을 알게 해 줘서 고마워.

아니, 얼마 되지 않은 며칠의 재회를 위해 네 여행을 줄이지는 마. 진심으로 말하는데, 우리가 아직은 다시 만나지 않는 것이 더 나을 것 같아. 나를 믿어 줘, 만약 네가 나와 함께 있다면 나는 너에 대해 지금보다 더 이상 생각할 수 없을 지도 몰라. 너에게 아픔을 주게 된다면 슬플 것 같지만, 지금 더 이상 너의 존재를 원하지 않는 지경에 이르렀어. 고백할까? 만약 네가 오늘 저녁에 올 것이라는 것을 알고 있었다면 나는 도망쳤을 거야.

'아, 이 감정을 설명해 달라고 하지는 마. 나는 너를 끊임없이 생각하고 있다는 것만 알고 있어 줘(그것이 네가 행복하기에는 충분할 거야). 그리고 나는 지금 이대로가 행복해.'

****

이 마지막 편지를 받고 얼마 지나지 않아, 내가 이탈리아에서 돌아온 직후에 나는 군복무를 위해 소집되어 낭시***로 이송되었

---

* 1821~1867, 프랑스의 시인
** 10개의 음절로 구성되는 시행 14개가 일정한 운율로 이어지는 14행시
*** 프랑스 동북부에 있는 상공업 도시. 로렌 지방의 문화와 상공업의 중심지

습니다. 낭시에는 아는 사람이 한 명도 없었지만, 혼자라는 것이 기뻤습니다. 왜냐하면 이것이 내 사랑의 자존심과 알리사 자신에게 더 분명하게 드러났기 때문입니다. 알리사의 편지만이 내 유일한 피난처였고, 알리사에 대한 추억이 롱사르*가 말했듯이 '내 유일한 생명력'이라는 사실입니다.

솔직히 말해서, 나는 우리들에게 부과된 상당한 힘든 규율도 매우 기쁘게 견뎌냈습니다. 나는 인내심을 키우기로 마음먹었고, 알리사에게 보낸 편지에서는 고작 같이 있지 못한 것에 대해 불평했을 뿐입니다. 우리는 이 긴 이별 속에서도 우리의 용기에 합당한 시련에 걸맞은 시편을 찾아냈습니다. '결코 불평하지 않는 너'라고 쓰거나 '나는 네가 흔들리는 모습을 상상할 수 없어.'라고 알리사는 썼습니다. 알리사의 말이 헛되지 않게 하기 위해 내가 무엇이든지 견뎌내지 못할 것 같습니까?

마지막 만남 이후 거의 1년이 지났습니다. 알리사는 이러한 것을 고려하지 않는 것 같았고, 오직 지금부터 기다리는 시간을 시작하고 있는 것 같았습니다. 나는 알리사를 날카롭게 비난했습니다. 그러자 알리사에게서 응답이 왔습니다.

'내가 이탈리아에서 너와 함께하지 않았었니?' 모르겠니! 나는 단

---

* 1524~1585, 프랑스의 시인

하루도 너를 떠난 적이 없어. 이제 너는 잠시 동안, 더 이상 너를 따라갈 수 없다는 것을 이해해야 해. 그것이 내가 '헤어짐'이라고 부르는 유일한 그것이야. 나는 너를 군인으로 상상하려고 애쓰지만, 생각대로 그렇게 되지가 않아. 최악의 경우, 너를 저녁에 강베타 거리의 그 조그만 방에서 글을 쓰거나 책을 읽고 있는 모습으로 만날 뿐이야—아니, 그것마저도 그렇게 뚜렷하지는 않아! 실제로 나는 앞으로 1년 후에나 퐁그즈마르나 르아브르에서 너를 볼 수 있을 것 같아.

일 년! 이미 지나간 날들은 세고 있지는 않아, 나의 희망은 서서히 가까워지고 있는 미래의 그 지점에 시선을 고정하고 있어. 정원의 안쪽 깊숙한 곳의 낮은 울타리를 기억하니? 그 울타리 밑에는 바람을 피해 국화가 피어 있고 우리는 가끔 그 위를 탐험하곤 했던 것을? 줄리엣과 너는 마치 천국으로 곧장 올라가는 이슬람교도인처럼 담 위를 당당하게 걸었지. 나는 처음 한 두 걸음 내딛자마자 어지러움을 느꼈고, 너는 그때마다 아래에서 나에게 소리쳤지. "발밑을 보지 마! 앞을 봐! 멈추지 말고 걸어! 목표를 정해!" 그리고 마침내—너의 말보다 더 도움이 되었던 것은—너는 울타리의 다른 쪽 끝에 올라가서 나를 기다려주었지. 그때 나는 더 이상 떨리지 않았고, 더 이상 어지럼을 느끼지 않았고, 오직 너만을 바라보았단다. 나는 너의 활짝 펼친 팔에 다다를 때까지 달려가곤 했었지…….

너를 믿지 않으면, 제롬, 나는 어떻게 되었을까? 나는 네가 강하다는 걸 느낄 필요가 있어. 네게 의지할 필요가 있어. 약해지지 마.

어떤 반항심에서 우러나서, 우리가 기다리는 시간을 일부러 늘리기로 하고, 불만족스러운 만남에 대한 두려움도 있었고 해서 나는 크리스마스 때 며칠간 휴가를 내어 파리에 있는 미스 애슈브르통과 함께 보내기로 했습니다.

나는 이미 알리사의 모든 편지가 아닌 내 이야기에 관련된 것만 옮겨 적는다고 말했습니다. 여기 2월 중순에 내가 받은 편지가 있습니다.

그저께 파리 거리에서 아벨의 책이 M서점의 창에 매우 과시적으로 전시된 것을 보고 커다란 흥분을 느꼈어. 네가 정말로 아벨의 책에 대해 알려주기는 했지만, 나는 그것이 '실제'라는 것을 믿을 수 없었거든. 나는 참을 수가 없어서 M서점을 들어갔지만, 제목이 너무 우스꽝스러워서 서점 직원에게 말하기를 주저했지. 사실, 나는 어떤 다른 책이라도 상관없이 사들고 다시 서점 밖으로 뛰쳐나가는 생각을 해봤거든. 다행히도 계산대 근처에 고객을 위해 '음란함'이라는 작은 책 더미가 놓여 있었고, 그래서 나는 그 책 한 권을 가져가서 아무 말도 하지 않고 돈을 냈어.

나는 아벨이 그의 책을 보내주지 않은 것에 대해 감사하게 생각해! 아벨의 책은 부끄러움 없이는 살펴볼 수가 없거든. 부끄러움은 책 자체 때문이라기보다는—결국 그 안에는 불경스러움보다 더 많은 어리석음이 있다는 것을 발견했기 때문에—아벨, 아벨 보띠에, 네 친구가 그 책을 썼다는 사실이 수치스러웠던 거지. 나는 〈르땅〉

지의 서평가가 아벨의 책에서 발견했다는 '위대한 재능'을 찾아보기 위해 한 장 한 장 자세히 읽어 넘어갔지만 헛수고만 하고 말았어. 우리 르아브르의 조그만 사회에서는 아벨이 자주 언급되고 있고, 사람들이 아벨의 그 책이 매우 성공적인 책이라는 것을 나는 알았어. 나는 아벨의 불치의 정신적인 무기력함을 '수완 좋음'과 '우아함'이라고 부르는 것을 듣고 있어. 물론, 나는 신중하게 침묵을 지키고 있고, 너에게만 아벨의 책을 읽었다고 말했던 거야. 불쌍한 보띠에 목사님은 처음에는 깊이 슬퍼 보였지만 이제는 자신이 오히려 자랑스러워해야 할 이유가 무엇이 있는지 고민하기 시작하셨어. 그리고 목사님의 모든 지인들이 그렇게 믿으시도록 설득하기 위해 최선을 다하고 있거든. 어제 플랑티에 고모 집에서, 고모가 보띠에 목사님에게 갑자기 말씀을 하셨어.

"아드님의 놀랄만한 성공으로 매우 행복해시겠어요, 목사님!"

보띠에 목사님이 다소 당황한 목소리로 대답했어.

"아! 나는 아직 그 정도까지는 아니라고 생각되는 데요!"

"하지만 목사님은 그렇게 생각되실 거예요! 그렇게 생각되실 거예요!"

고모가 이렇게 말을 하자, 의심의 여지없이 순수하지만 매우 격려하는 목소리로 모든 사람이 웃기 시작했고 목사님도 마찬가지였어.

나는 아벨의 그 작품이 큰 대로에 있는 어떤 극장이나 다른 곳에서 공연될 것이라고 들었고, 신문들은 이미 그것에 대해 이야기하기 시작했다고 하더라! 〈신新 아벨라르〉가 상연되면 과연 어떤 모습일까? 불쌍한 아벨! 그것이 정말 그가 원하는 성공일까? 아벨은 그 것에 만족할까?

어제 〈내면의 위로〉[*]에서 나는 이런 말을 읽었어. '모든 인간의 영화, 사실 모든 세상의 명예, 모든 세속적인 웅장함은 주님의 영원한 영광과 비교하면 허무와 어리석음이다.' 그래서 나는 생각했지. '오, 하나님! 주님께서 천상의 영광을 위해 제롬을 선택하신 것에 감사드립니다. 그것에 비하면 나머지 다른 것들은 비교할 수 없는 허무와 어리석음입니다.'

몇 주와 몇 달이 단조로운 일들 속에서 흘러갔지만, 내 마음이 늘 추억이나 희망 외에는 다른 것을 생각할 수 없어서 시간이 얼마나 느리게 가는지, 시간이 얼마나 길어지는지를 거의 느끼지 못했습니다.

외삼촌과 알리사는 6월에 님므 근처에 있는 줄리엣을 방문하기 위해 갈 예정이었습니다. 그 때쯤 줄리엣은 임신 중으로 해산을 기다리고 있었습니다. 줄리엣의 건강에 대한 좋지 않은 소식이 그들의 출발을 서두르게 만들었습니다.

---

[*] Thomas a Kempis(1380~1471)는 독일의 가톨릭 수도사제이자 신비사상가. 1400년대에 〈그리스도를 본받아〉를 편찬했고, 이 책은 종교적 교훈에 따라 주제를 나누어 총 네 권으로 구성되었는데, 내면의 위로는 세 번째에 해당 된다. 이 묵상들은 반드시 성경적 내용을 담고 있는 것은 아니지만, '이런 상황에서 그리스도라면 어떻게 하실까?'라는 질문에 대한 답을 제시하고 있다.

르아브르 주소로 보낸 너의 마지막 편지는 우리가 떠난 후에 도착했어(알리사가 내게 편지를 보내왔습니다). 어떻게 그 편지가 일주일이나 늦게 여기 도착했는지 설명할 수가 없구나. 그 일주일 동안 나는 반쪽짜리 영혼, 떨고 있는 가련하고 궁핍한 영혼으로 돌아다녔어. 오, 제롬! 나는 너와 함께할 때에만 진정한 나일 수 있고, 또한 나 이상의 존재일 수가 있어.

줄리엣은 다시 건강이 나아졌어. 우리는 줄리엣의 출산을 오늘 내일 매일 기다리고 있으며, 그리 큰 불안감은 없어. 줄리엣은 오늘 아침 내가 너에게 편지를 쓰고 있다는 것을 알고 있었어. 우리가 애그비브*에 도착한 다음 날, 줄리엣이 내게 물었어.

"오빠는 어떻게 지내? 여전히 편지를 주고받고 있어?"

나는 진실을 말할 수밖에 없었지. 줄리엣이 이렇게 말하더라.

"오빠에게 편지를 쓸 때, 그에게 전해 줘⋯⋯."

줄리엣이 잠시 머뭇거렸고, 그러고 나서 매우 다정하게 미소 지으며 계속 말을 이어갔어.

"내가 다 나았다고."

나는 줄리엣의 편지가 항상 그렇게 즐겁기만 한데, 혹시 억지로 자신을 속이고 있지는 않을까 두려웠어. 줄리엣이 요즘 행복을 느끼는 것들은 자기가 꿈꿔왔던 것들과 너무 다르거든. 행복을 이루는 것들처럼 보였던 것들이! ⋯ 아! 우리가 '행복'이라고 부르는 이

---

* 프랑스 남서부에 위치한 아리예 주에 있는 자치단체

것은 영혼과 아주 친밀한 부분이며, 행복을 만드는 것처럼 보이는 외부 요소들은 얼마나 부질없는 것들인지! 나는 내가 '황무지'를 따라 걷는 동안에 하는 모든 생각을 너에게 얘기하지는 않았어. 그동안 나를 가장 놀라게 하는 것은 내가 더 이상 행복하지 않다는 거야. 줄리엣의 행복은 나를 기쁨으로 가득 채워야 하건만……. 내 마음은 내가 싸울 수 없는 이해할 수 없는 우울함에 빠져들고 있는 걸까? 내가 느끼고, 적어도 내가 바라보는 이 지역의 아름다움은 오히려 설명할 수 없는 슬픔을 더해줄 뿐이야. 네가 이탈리아에서 나에게 편지를 썼을 때, 나는 너를 통해 모든 것을 볼 수 있었어. 그런데 이제 나는 네가 없이 보는 모든 것들이 너에게서 빼앗고 있는 것처럼 느껴져. 그리고 퐁그즈마르나 르아브르에서 나는 울적한 날에 쏠 수 있는 저항의 힘을 기르고 있었던 거지. 여기서는 이 저항의 힘은 아무 소용이 없어. 그리고 나는 이 저항의 힘이 쓸모없다고 생각하니 불안감을 느끼게 돼. 사람들과 이 지역의 즐거운 웃음소리가 나를 괴롭히고 있어. 어쩌면 내가 슬프다고 부르는 것은 그들처럼 그렇게 시끄럽지 않아서일 지도 몰라. 확실히 과거에는 나의 기쁨 속에 약간의 오만한 자부심이 있었던 것 같아. 현재 이 이질적인 지역의 즐거움 속에서 내가 느끼는 것은 굴욕감과 다르지 않기 때문이야.

내가 여기 온 이후로 거의 기도를 할 수가 없었어. 하나님이 더 이상 그 전과 같은 곳에 계시지 않다는 유치한 기분이 들어. 잘 있어. 이제 그만 써야겠다. 나는 이 신성모독과 나의 약함, 슬픔, 그리

고 그것들을 고백하는 것이 부끄럽고, 오늘 밤 편지를 보내지 않았
다면 내일은 찢어 버려야 할 이 모든 이야기들을 너에게 쓰는 것이
부끄러워…….

다음에 온 편지는 조카의 탄생에 대해서만 이야기했으며, 알리
사가 그 아이의 대모가 될 것이라는 것, 줄리엣의 기쁨과 외삼촌
의 기쁨에 대해서는 언급했지만, 알리사 자신의 감정에 대해서는
더 이상 아무런 말도 없었습니다.
그 후 퐁그즈마르에서 날짜가 적힌 편지들이 다시 오고 있었
고, 줄리엣이 7월에 알리사와 함께 있었습니다.

에두아르 테시에르 씨와 줄리엣은 오늘 아침에 우리를 떠났어.
내가 가장 아쉬워하는 것은 내 조카딸이 함께 떠났다는 거야. 6개
월 후에 조카딸을 다시 볼 때, 나는 조카딸의 모든 몸짓들을 아마도
알아보지 못할 거야. 조카딸이 새롭게 발명해 내는 몸짓들은 내가
한 번도 본 적이 없어서 하나도 빼지 않고 그 애의 움직임을 지켜보
았지. 성장이라는 것은 참으로 신비롭고 놀라운 거야. 우리가 성장
에 대해 자주 놀라지 않는 것은 주의력이 부족하기 때문이야. 그토
록 많은 희망으로 가득 찬 작은 요람을 몸을 구부린 채로 나는 얼마
나 많은 시간을 보냈는지 몰라. 어떤 이기심, 어떤 자만심, 어떤 개
선에 대한 욕구 부족 때문에 성장이 그렇게 빨리 멈추고, 모든 생
물이 여전히 하나님으로부터 그렇게 멀리 있게 되는 것은 아닐까?

아! 우리가 할 수만 있다면, 만약 하나님께 더 가까이 다가갈 수만 있다면 …… 생각해 봐, 얼마나 경쟁심이 생길 수 있을까!

줄리엣은 아주 행복해 보여. 줄리엣이 피아노와 독서를 포기한 것을 알고 나는 처음에는 매우 슬펐지만, 에두아르 테시에르 씨는 음악을 좋아하지 않고 책에 대한 취향도 별로 없는 거야. 분명 줄리엣은 테시에르 씨가 따라오지 못하는 곳에서 즐거움을 찾지 않는 것이 현명하다고 생각한 거지. 반면에 줄리엣은 남편의 일에 관심을 가지고 있으며, 테시에르 씨는 자신의 사업에 대해 줄리엣에게 모두 이야기하는 것 같아. 올해 그의 사업은 크게 번창했어. 이 결혼으로 인해 르아브르에서 중요한 단골 고객층이 생겼으니, 이게 다 결혼 덕분이라고 기쁘게 말하곤 해. 로베르는 그가 마지막으로 출장 갔을 때 테시에르 씨와 동행을 했어. 테시에르 씨는 로베르에게 매우 친절하며 그의 성격을 이해한다고 말하고 그가 이런 종류의 일을 진지하게 받아들이기를 희망하고 있어.

아버지는 훨씬 좋아졌어. 딸의 행복한 모습을 보니 다시 젊어진 것 같아. 아버지는 다시 농장과 정원에 관심을 가지기 시작했고, 막 나에게 미스 애슈브르통과 함께 시작했던 소리 내어 읽기를 계속하자고 내게 요청하셨어. 테시에르 가족이 방문하기 전까지는 소리 내어 읽고를 하고 있었거든. 나는 휴브너 남작의 여행기를 읽고 있고, 나 자신도 매우 즐기고 있어. 나도 이제 내 개인적인 독서할 시간을 더 많이 가질 수 있을 것 같아. 하지만 너의 조언이 필요해. 오늘 아침 여러 권의 책을 차례로 집어 들었는데, 아무것도 마음에 드는 게 없어!

알리사의 편지는 그 이후로 더 어려워지고, 더 절박해졌습니다. 그녀가 여름이 끝나갈 무렵 나에게 편지를 썼습니다.

너에게 폐를 끼칠까봐 두려워서 너에게 내가 너를 얼마나 원하고 있는지를 말하지 못하지만, 다시 너를 만날 때까지 견뎌야 하는 매일 매일이 나를 괴롭히고, 짓누르고 있어. 두 달이 더 남았어! 너 없이 지나간 모든 시간보다 더 길게 느껴져! 너를 기다리는 마음을 잊기 위해 시간을 보내려는 모든 것이 불합리한 임시방편처럼 느껴지고, 어떤 일에도 나는 집중할 수가 없어. 책들은 미덕도 매력도 없고, 산책은 아무런 즐거움도 없고, 자연은 그 전체도 신기함을 잃었고, 정원은 퇴색되어 색깔과 향기가 사라졌어.

나는 차라리 너의 피로하게 만드는 일과 의무적이고 강제적인 훈련이 너를 네 자신으로부터 끊임없이 끌어내고, 피곤하게 하고, 하루를 빨리 지나가도록 하고, 밤에는 피곤에 지친 축 늘어진 너의 육체를 잠들게 하는 그런 일이 부러워. 네가 나에게 알려 준 훈련에 대한 감동적인 설명과 묘사가 나를 완전히 사로잡았어. 지난 며칠 동안 밤마다 나는 잠을 이룰 수가 없었고, 여러 번 기상을 알리는 나팔 소리에 깜짝 놀라 잠에서 깨곤 했어. 네가 들려준 그 소리를 실제로 들은 것 같아. 나는 네가 말하는 가벼운 도취감, 새벽녘에 느끼는 희열, 반쯤 눈부신 황홀감, 나는 이러한 것들을 거의 상상해

볼 수가 있어. 새벽의 그 얼음과 같은 눈부신 광채 속에서 말제빌[*]의 고원은 얼마나 아름다웠을까!

얼마 전부터 몸이 별로 좋지 않아. 아! 그렇게 대수롭지는 않은 것 같아. 단지, 내가 너를 좀 지나치게 기다리고 있는 탓에 몸살이 좀 나지 않았나 하고 생각해.

그리고는 6주 후에야 알리사의 편지를 받을 수 있었습니다.

이 편지가 나의 마지막 편지야, 제롬. 네가 돌아오는 날짜가 얼마나 될지는 아직 불확실하기는 하지만, 그 날짜가 더 이상 늦어지지는 않을 거야. 그래서 나는 너에게 더 이상 편지를 쓸 수가 없게 될 거야. 나는 우리가 퐁그즈마르에서 만났으면 좋았겠지만, 날씨가 나빠졌고, 특히 요즘은 매우 추워져서 아버지는 오직 시내로 돌아가고 싶다는 이야기만 하고 있어. 이제 줄리엣과 로베르가 더 이상 우리와 함께하고 있지 않기 때문에 너를 쉽게 받아들일 수는 있지만, 너는 펠리시 고모 댁으로 가는 것이 더 좋을 거야. 펠리시 고모도 너를 반갑게 맞이할 거야.

우리가 다시 만나는 날이 다가올수록, 나는 너를 기다리는 마음이 커져가는 불안감으로 근심스러워. 거의 두려움이 다가오는 느낌이야. 내가 그렇게 고대하던 네가 오는 날이 다가올수록 이제는 두

---

* 프랑스 북동부의 무르트-에-모젤 주에 위치한 지방 자치단체

렵게 느껴져. 그런 생각을 하지 않으려고 애쓰고는 있지만, 초인종 소리와 계단에서의 네 발걸음 소리를 상상하면 내 심장은 고동이 멈추거나 아파오는 것 같아. 그리고 네가 무엇을 하든지, 내가 너에게 말 할 것에 대해서 조금도 기대하지는 마. 내 과거는 여기서 끝나버린 것 같고, 그 너머에는 아무것도 보이지 않아. 내 삶이 멈춰버린 듯…….

그로부터 4일 후, 즉 내가 군 복무를 마치기 일주일 전, 나는 또 하나의 아주 짧은 편지 한 통을 받았습니다.

제롬, 나는 네가 르아브르에 머무는 시간과 우리의 만남 시간을 지나치게 늘리려고 하지 않아도 돼. 우리가 이미 편지를 서로 주고받으면서 알게 된 것 외에 서로에게 할 말이 또 무엇이 있겠어? 그러나 너의 시험과 관련된 일 때문에 28일에는 파리로 가야 한다면, 주저하지 말고 가. 우리가 함께하는 주어진 시간이 이틀밖에 안 된다고 할지라도 후회하지 마. 우리는 한평생 동안 얼마든지 만날 수 있을 테니까.

6

우리의 첫 만남은 플랑티에 이모 집에서 이루어졌습니다. 나는 군복무 때문인지 갑자기 몸이 무겁고 둔해지며 어색한 느낌을 받았습니다. …… 나중에 나는 알리사도 내가 변했다고 느꼈을 것이라고 생각했습니다. 하지만 이 거짓된 첫 인상이 우리 두 사람에게 중요성을 가질 수 있겠는가? 나로서는 내가 전부터 알고 있던 알리사의 옛 모습을 찾아보지 못할까봐 두려워서 처음에는 그녀를 바라보는 것조차도 거의 망설였습니다. ……아니! 정말 당황스러웠던 것은 모두가 우리에게 강제로 약혼한 것처럼 느끼게 했고, 우리가 그곳에 있을 때마다 모두가 우리만을 남겨두고 서둘러 떠나고자 했다는 점이었습니다!

"오, 고모! 전혀 방해 되지 않아요. 우리는 서로에게 비밀스럽게 할 말은 없어요."

훌륭한 여성인 양 이모가 자리를 피하려고 애쓰는 것에 불만을 느끼며 알리사가 결국 소리쳤습니다.

"알았어요, 그렇지만! 애들아. 나는 충분히 이해한단다. 젊은 이들이 오랫동안 서로 떨어져 보지 못하면, 항상 서로에게 이야기하지 못한 자질구레한 일들이 많기 마련이란다."

"제발, 고모! 고모가 나가시면 정말 우리는 더욱 쑥스러워져요!"

알리사는 거의 화가 난 듯한 어조로 말했고, 그래서 나는 알리사의 목소리라고 거의 생각되지 않았습니다.

"이모! 제가 장담하는데, 이모님이 나가시면 우리는 다른 한마디도 하지 않을 거예요!"

나는 웃으면서 말했지만, 나도 혼자 남겨질 생각에 약간의 불안감이 있었습니다. 그러고 나서, 가식적인 밝은 미소를 띠고 우리는 세 사람 모두 평범한 대화처럼 이야기하며 우리의 당황함을 숨기려고 했습니다. 외삼촌이 점심때 나를 부르셨기 때문에 다음날 다시 만나기로 했습니다. 그래서 우리의 첫 만남 저녁은 너무나 희극적인 장면을 끝낼 수 있어 기뻤으며, 우리는 아무 후회 없이 헤어졌습니다.

다음날 나는 점심시간보다 훨씬 일찍 찾아갔지만, 알리사가 친한 친구와 이야기하고 있는 것을 보았습니다. 알리사는 친구를 보내줄 생각이 없었고, 친구도 눈치 없이 남아 있었습니다. 마침내 그녀가 우리를 떠났을 때, 나는 알리사가 그녀를 점심에 초대하지 않은 것에 놀라는 척 했습니다. 우리는 둘 다 어제 잠을 자지 못해 피곤했기 때문에 다소 긴장한 상태였습니다. 그때 외삼촌이 들어오셨습니다. 알리사는 내가 '외삼촌이 많이 늙으셨구나!'라고 생각한다는 것을 눈치 챘습니다. 외삼촌은 다소 귀가 어두워졌고, 내 목소리를 잘 알아듣지 못했습니다. 내가 외삼촌을 이해시키기 위해 소리를 높여 얘기해야 했기 때문에 내 이야기는 김빠지게 지루했고 어리석어 보였습니다.

점심 식사 후, 플랑티에 이모가 미리 약속했던 대로 우리를 마차에 태우러 왔습니다. 이모는 알리사와 내가 돌아오는 길에 가장 즐거운 곳을 걸어서 오게 할 작정으로 오르세*로 데려다 주었습니다.

계절에 맞지 않게 날씨가 꾀 더웠습니다. 우리가 걸어야 했던 언덕 부분은 햇빛에 노출되어 매력적이지 않았고, 나무는 잎이 없어서 우리에게 그늘을 제공하지도 못했습니다. 이모가 우리를 기다릴 마차에 다시 합류하고 싶어 하는 마음에 우리는 무리하게 속도를 높여 걸었습니다. 머리가 너무 아파서 어느 한 가지 생각도 할 수가 없었고, 태연한 척 하기 위해서 혹은 몸짓이 말 대신 될 수도 있다고 생각해서 알리사의 손을 잡았고, 그녀는 나에게 손을 잡게 해주었습니다. 우리의 감정, 걸음의 빠름, 그리고 어색한 침묵 때문에 얼굴이 뜨거워졌고, 나는 관자놀이에 뛰는 듯

---

* 프랑스 파리 센 강변의 도시로 오르세 미술관이 유명함

한 고통이 느껴졌습니다. 알리사의 얼굴은 보기 흉할 정도로 붉게 상기되어 있었습니다. 우리는 곧 땀에 젖은 듯한 축축한 손을 잡고 있다는 느낌이 불편해져서 서로 잡고 있던 손을 풀고 슬프게도 옆으로 떨어뜨렸습니다.

우리가 너무 서두른 나머지, 이모가 우리와 대화할 시간을 충분히 주기 위해 다른 길로 매우 천천히 운전한 마차보다 훨씬 먼저 교차로에 도착했습니다. 우리는 도로 옆 언덕에 앉았습니다. 갑자기 불어 닥친 찬바람이 땀으로 흠뻑 젖은 우리를 뼈 속까지 얼어붙게 만들었습니다. 우리는 마차를 만나기 위해 걸어갔습니다. 하지만 가장 괴로운 것은 우리의 불쌍한 이모의 조급한 걱정이었습니다. 이모는 우리가 길고 만족스러운 대화를 나눴다고 생각하고는 우리의 약혼에 대해 질문을 하기 시작했습니다. 알리사는 이를 견디지 못하고 눈에 눈물을 가득 담고 심하게 머리가 아프다는 핑계를 댔고, 우리는 침묵 속에 집으로 돌아왔습니다.

다음 날 나는 팔다리가 쑤시고 심한 오한이 느끼며 잠에서 깨어났고, 몸이 안 좋아서 오후에나 뷔콜랭 외삼촌 집에 가려고 했습니다. 불행하게도 알리사는 혼자가 아니었습니다. 펠리시 이모의 손녀 중 한 명인 마들렌느 플랑티에가 거기 있었습니다. 나는 알리사가 마들렌느와 이야기하는 것을 좋아한다는 것을 알고 있었습니다. 마들렌느는 며칠 동안 할머니 댁에 머물고 있었고, 내가 들어가자 그녀는 소리쳤습니다.

"여기서 떠나 산기슭으로 돌아가는 거라면, 우리 함께 갈 수 있겠군요."

나는 무의식적으로 동의했습니다. 그래서 나는 알리사와 단둘이 만날 수 없었습니다. 하지만 이 매력적인 소녀의 존재는 분명 우리에게 도움이 되었습니다. 나는 전날의 참을 수 없는 어색함을 더 이상 느끼지 않았습니다. 우리 셋의 대화는 곧 원활하게 진행되었고, 처음 내가 두려워했던 것처럼 싱겁지는 않았습니다. 내가 그녀에게 작별 인사를 할 때 알리사는 묘한 미소를 지었습니다. 나는 알리사가 내가 다음 날 떠난다는 사실을 그 순간까지 알지 못했던 것 같은 인상을 받았습니다. 하지만 빨리 돌아올 수 있다는 생각에 작별 인사에서 그리 큰 섭섭한 느낌은 없었습니다.

그러나 저녁 식사 후, 모호한 불안감에 이끌려 나는 마을로 내려갔고, 뷔콜랭 외삼촌댁의 문을 두드리기로 마음을 먹기 전까지 거의 한 시간 동안 방황했습니다. 나를 맞아준 것은 외삼촌이었습니다. 몸이 좋지 않았던 알리사는 이미 방으로 들어갔고, 틀림없이 곧바로 침대에 누워 잠이 들었던 것 같습니다. 나는 외삼촌과 잠시 대화한 후 그 자리를 떠났습니다.

비록 이러한 사건들은 불행했지만, 이 사건들이 정도를 벗어났다고 해서 비난해봐야 헛된 일일 것입니다. 모든 일들이 우리에게 도움이 되었다고 할지라도, 우리는 여전히 그런 서먹서먹한 느낌을 가졌을 지도 모릅니다. 그러나 무엇보다도 알리사가 이 서먹서먹한 느낌을 느꼈다는 게, 나를 더 비참하게 만들었습니다. 이것은 내가 파리에 도착하자마자 받은 알리사의 편지입니다.

　내 친구 제롬, 얼마나 슬픈 만남이었던가! 너는 다른 사람들에게 비난을 돌리는 듯 보였지만, 네 자신을 설득할 수는 없었던 것 같아. 그리고 이제 나는 생각해-나는 알아-앞으로도 항상 그럴 것이라고. 오! 제발, 우리 다시는 만나지 말자!

　왜 이런 어색함이 있을까? 이런 잘못된 위치에 있는 느낌, 이런 마비된 상태, 이런 무감각함이 있을까? 우리가 서로에게 할 말이 세상에나 얼마나 많은데. 네가 돌아온 첫날, 이 침묵은 나를 행복하게 했어. 왜냐하면 그 침묵이 사라질 것이라고 믿었고, 네가 가장 놀라운 이야기들을 해줄 것이라고 생각했기 때문이야. 네가 이야기를 해 주기 전에는 나를 떠날 수는 없다고 생각했어.

　하지만 우리는 오르세에서의 음울한 산책이 한마디도 없이 끝났을 때, 무엇보다도 우리의 손이 서로 풀리고 절망적으로 떨어졌을 때, 나는 슬픔과 고통으로 내 마음이 상처 받을 것 같은 기분이 들었어. 그리고 나를 가장 괴롭게 한 것은 네 손이 내 손을 놓아버린 것이 아니라, 만일 네 손이 내 손을 놓지 않았다면 내 손이 먼저 놓아버렸을 것이라는 느낌이 들었어. 나의 손 또한 더 이상 너의 손에서 행복을 느끼지 못했기 때문이야.

　다음 날-바로 어제지-나는 너를 아침 내내 미친 듯이 기다렸어. 나는 실내에 있기에는 마음이 너무 불안해서, 너에게 내가 해변의 둑 어디에 있는지 알려주는 메모를 남겼어. 나는 오랫동안 폭풍우

치는 바다를 바라보았지만, 네가 없는 바다를 바라보는 것이 너무 비참해서 더 이상 머물러 있을 수가 없었어. 문득 네가 내 방에서 나를 기다리고 있을 거라는 생각을 했고, 그래서 다시 집으로 돌아왔어. 나는 오후에는 마들렌느가 전날에 오겠다고 말했기 때문에 혼자서 자유로울 수 없다는 것을 알았어. 나는 아침에 너를 만날 것이라고 기대했기 때문에 마들렌느가 온다는 것을 거절하지 않았거든. 그런데 아마도, 우리의 만남에서 유일하게 즐거운 시간을 가졌던 순간들은 마들렌느가 있었던 덕분이라고 생각했어. 잠시 동안 나는 이 편안한 대화가 오랫동안 계속될 것이라는 환상에 빠져들었어. 그리고 내가 마들렌느 옆에 앉아 있는 소파로 네가 다가와서 고개를 숙여 '잘 있어'라고 말했을 때, 나는 대답할 수가 없었어. 모든 것이 끝나는 것 같은 느낌이었거든. 갑자기 네가 떠난다는 생각이 내 머리를 스쳐지나갔어.

네가 마들렌느와 함께 떠난 직후, 나는 그것은 있을 수 없는 일이고, 도저히 견딜 수 없다는 것을 느꼈어. 내가 다시 뛰쳐나갔어! 믿겠어? 나는 다시 너와 이야기하고 싶었고, 너에게 말하지 않았던 모든 것을 이야기하고 싶었어. 나는 이미 플랑티에 고모 집으로 서둘러 가고 있었어. 이미 너무 늦었고, 시간도 없었고, 감히 할 용기도 없었어. 나는 다시 돌아와서 절망적으로 너에게 편지를 쓰려고 했어. 나는 더 이상 너에게 편지를 쓰고 싶지 않았는데…… 작별 인사의 편지를……. 왜냐하면 나는 우리가 서로에게 쓴 편지가 아니라는 것을 너무나도 뚜렷이 느꼈기 때문이야. 우리는, 안타깝게도!

각자 자신에게만 편지를 쓰고 있었다는 것을……. 제롬! 제롬! 아! 우리가 얼마나 멀리 떨어져 있었던가!

나는 그 편지를 찢어버렸어. 사실이야. 하지만 지금 나는 거의 똑같이 다시 쓰고 있어. 오! 나는 너를 이전보다 덜 사랑하는 것은 아니야, 제롬! 반대로, 네가 내 곁에 올 때마다 불안해하며 당황하면서, 내가 너를 얼마나 깊이 사랑했는지를 더 명확하게 느낄 수 있었어. 하지만 절망적으로, 나는 스스로에게 고백해야만 해. 네가 멀리 있을 때, 나는 너를 더욱 사랑했다는 것을. 나는 이미 그런 의심을 품기 시작했었어. 아아! 이 오랫동안 기다려온 만남이 마침내 나의 의심이 옳았음을 보여주었고, 너도, 제롬, 그것을 인정해야만 해.

안녕, 내가 많이 사랑하는 제롬, 하나님이 너를 지키고 인도하시기를! 인간은 오직 하나님에게만 무사히 가까이 갈 수 있는 거야.

그리고 이 편지만으로 충분히 나를 고통스럽게 하지 않은 것처럼, 다음 날 그녀는 다음과 같은 추신을 또 보냈습니다.

나는 이 편지를 보내기 전에 너에게 우리 둘에 관한 일에 대해 조금 더 신중하게 행동해 달라고 부탁하지 않을 수가 없다고 생각해. 네가 줄리엣이나 아벨에게 우리만 알고 있어야 할 비밀스러운 이야기들을 이야기함으로써 나를 상처 입힌 경우가 많았거든. 이 사실이 내가 오래전부터, 네가 그것을 짐작하기도 훨씬 전에, 너의 사랑이 무엇보다도 머릿속으로만 사랑을 하는 지적인 사랑이라는 생각을 하게 만든 원인이기도 해. 그것은 부드럽고 충실한 마음의 아름다운 집착에 불과하다는 것을 생각하게 되었어.

아벨에게 이 편지를 보여줄까 두려운 마음이 의심 없이 마지막 구절을 덧붙이도록 영감을 주었을 것입니다. 도대체 알리사를 경계하게 만든 의심스러운 본능은 무엇이었을까요? 그녀는 예전에 내 말 속에서 내 친구 아벨의 조언에 대한 어떤 반영을 감지한 적이 있었던 걸까요?

사실, 나는 아벨과 충분히 멀리 떨어져 있다고 느꼈습니다. 아벨과 내가 따랐던 길은 이제부터는 서로 다르게 나아가고 있었고, 그래서 나 홀로 내 슬픔의 불안한 짐을 홀로 지고 견딜 수 있게 해주는 이러한 조언들은 별로 필요하지 않았습니다.

그 후 사흘 동안은 전적으로 탄식에 빠져있었습니다. 나는 알리사에게 답장하고도 싶었지만, 너무 신중한 논의나 지나치게 격렬한 항의, 가장 사소한 서투른 단어로 인해 상처를 치유할 수 없지나 않을까 하는 것이 두려웠습니다. 나는 사랑이 몸부림치며 애쓰는 편지를 스무 번이나 고쳐 쓰곤 했습니다. 지금까지도 나는 결국 보내기로 결심한 편지의 복사본인 눈물 자국이 묻은 종이를 다시 읽는 것을 눈물을 흘리지 않고서는 할 수가 없습니다.

알리사! 나, 그리고 우리 둘에게 동정심을 가져줘! 네 편지가 나를 아프게 해. 네 걱정을 느끼면서 그냥 웃어넘길 수 있기를 얼마나 바랬는지! 그래, 네가 쓴 모든 것을 나도 느꼈어. 하지만 나 스스로 그것을 인정하는 것이 두려웠어. 네가 우리 사이의 실체와 단지 상상에 불과한 것 사이의 경계를 얼마나 짙게 만드는지!

알리사, 네가 나를 그전보다 덜 사랑한다고 느끼고 있다면……. 아! 너의 모든 편지가 그 반증이니까 이 잔혹한 가정일랑 떨쳐버리자! 하지만 그러면 알리사 너의 일시적인 우려가 뭐가 그리 중요하겠어? 알리사! 내가 논쟁을 시작하는 순간, 내 말은 얼어붙었어. 나는 내 마음의 신음 소리만을 들을 수밖에 없구나. 능숙하지 못하지만, 너를 너무도 사랑하고 있고, 너를 사랑하면 사랑할수록 너에게 무엇을 말해야 할지 모르겠어. '머릿속으로 하는 지적인 사랑'… 그것에 대해 나는 무엇이라고 답해야 할까? 내가 온 마음으로 너를 사랑하는데, 어떻게 내 지성과 내 마음을 구별할 수 있겠어? 하지만 우리의 편지 교류가 너의 가혹한 비난의 원인이라면, 우리는 그 편지 교류가 우리를 잔뜩 고무시킨 다음에 찾아오는 현실로 떨어지며 그렇게 크나큰 상처를 입었다면, 네가 지금 나에게 편지를 쓰는 게 네 자신에게만 쓰고 있다고 생각한다면, 또한 내가 너의 마지막 편지와 같은 또 다른 편지를 견딜만한 힘이 없으니 제발, 잠시 모든 편지 교류를 중단하기로 하자.

내 편지의 나머지 부분에서 나는 알리사의 판단에 항의하고 호소하며 또 한 번 만남의 기회를 주기를 간청했습니다. 지난번의 만남은 모든 것이 뒤틀린 상태였습니다. 장소, 인물, 계절 모두 어굿나 있었고, 우리의 편지 교류마저도 우리가 너무 신중하지 못하게 준비한 너무 열정적인 것이었습니다. 이번에 우리가 다시 만난다면 오직 침묵만이 앞에 놓이게 할 것입니다. 나는 돌아오는 봄에, 과거의 추억도 나를 변호해줄 것이고 외삼촌도 반갑게 맞아주실 퐁그즈마르에서 부활절 방학 동안 알리사가 적절하다고 생각하는 만큼 긴 시간 또는 짧은 시간 동안이라도 만남이 이루어지기를 원했습니다.

내 결심은 확신이 섰고, 편지가 발송되자마자 나는 내 학업에 몰두할 수 있었습니다.

*

나는 연말 전에 알리사를 한 번 더 만날 수밖에 없었습니다. 몇 개월째 건강이 나빠졌던 미스 애슈브르통이 크리스마스 4일 전에 세상을 떠났기 때문입니다. 군 복무를 마치고 돌아왔을 때, 나는 그녀와 함께 지내기 위해 다시 갔습니다. 나는 그녀에게 아주 잠시 머물렀고, 그녀의 마지막 순간에 함께 있었습니다. 알리사에게서 온 엽서에서는 우리의 침묵의 맹세가 내 슬픔보다 그녀의 마음에 더 가까웠음을 보여주었습니다. 외삼촌은 참석할 수 없기 때문에 알리사가 대신해서 하루 동안 장례식에 참석하기 위해 온다고 것이었습니다.

알리사와 나는 장례식에 참석한 거의 유일한 조문객이었으며,

상여를 따라 장례 행렬을 따라갈 때도 우리 둘 뿐이었습니다. 우리는 나란히 걸으며 몇 마디 말을 주고받았지만, 그녀가 내 옆에 앉았던 교회에서는 여러 번 그녀의 눈길이 나에게 애정 어린 시선으로 머물렀다는 느낌을 받았습니다.

"잘 알았어."

알리사가 나를 떠나며 말했습니다.

"부활절 이전에는 아무것도……."

"아니, 그러나 부활절에……."

"기다릴게."

우리는 묘지의 입구에 있었습니다. 내가 역까지 데려다주겠다고 말했지만, 알리사는 마차를 불렀고 작별 인사도 없이 나를 남겨두고 떠나갔습니다.

7

"알리사가 너를 정원에서 기다리고 있어."

외삼촌이 아버지처럼 나를 포옹한 후에 말했습니다. 4월의 마지막 날, 나는 퐁그즈마르에 도착했습니다. 처음에는 그녀가 나를 반갑게 맞이할 준비가 되어 있지 않다는 것에 실망했지만, 다음 순간 그녀가 우리 둘에게 일반적인 인사치레를 생략해 주어서 고마웠습니다.

알리사는 정원의 가장 깊은 안쪽에 있었습니다. 나는 이 시기에 주위에 있는 꽃덩굴들-라일락, 마가목, 금잔화, 그리고 베즐리아 등-이 모두 꽃을 피워 빽빽이 둥그런 갈림길을 천천히 걸어갔습니다. 알리사를 너무 멀리서 보지 않기 위해서, 혹은 그녀가 내가 오는 것을 알아보지 않도록 하기 위해, 나는 정원의 다른 쪽으로 그늘진 길을 따라갔습니다. 그곳은 나뭇가지 아래에서 시원한 공기가 돌도 있었습니다.

나는 천천히 앞으로 나아갔고, 하늘은 나의 기쁨과도 같이 따뜻하고, 밝고, 섬세하게 순수했습니다. 알리사는 분명 다른 길에서 나를 기다리고 있을 것입니다. 나는 알리사에게 가까이 있었고, 그녀 등 뒤쪽까지 갔습니다. 알리사는 내가 다가가는 소리를 듣지 못했습니다. 나는 멈추어 섰습니다. 그리자 마치 시간이 나와 함께 멈춘 것 같았습니다. '이 순간이다' 나는 생각했습니다. '아마도 모든 것 중에서 가장 기분 좋은 순간, 행복 그 자체도 도저히 미칠 수 없는 가장 감미로운 그 순간'이라고 나는 생각했습니다.

나는 알리사 앞에 무릎을 꿇으려 했습니다. 내가 내딛은 한 걸음에 알리사는 귀를 기울였습니다. 알리사는 갑자기 일어나면서 작업 중이던 자수를 바닥에 떨어뜨렸습니다. 알리사는 나를 향해 팔을 뻗고, 내 어깨에 손을 얹었습니다. 우리는 잠시 동안 그렇게 있었습니다. 알리사는 팔을 뻗고, 얼굴은 미소를 띤 채 나에게 고개를 갸웃하더니 말없이 나를 다정하게 바라보았습니다. 그녀는 흰색 옷을 입고 있었습니다. 알리사의 너무 심각할 정도로 경건한 얼굴에서 나는 그녀의 어린 시절 앳된 미소를 발견했습니다.

"잘 들어봐, 알리사."

나는 갑작스럽게 소리쳤습니다.

"방학은 앞으로 12일이 남아있어. 나는 네가 원하지 않는다면 단 하루도 더 머물러 있지 않을 거야. '내일 퐁그즈마르를 떠나야 한다.'는 뜻의 표시를 알려 줄 어떤 신호를 정하자. 그렇게 하면 다음날 나는 비난도 없이, 불평도 없이 떠날 테니까, 알겠지?”

내가 무슨 말을 할지 준비한 것이 아니었기 때문에 나는 한층 더 쉽게 말을 할 수 있었습니다. 알리사는 잠시 생각한 후에 말했습니다.

“네가 좋아하는 자수정 십자가를 착용하지 않고 저녁 식사에 온 날……, 알 수 있겠지?”

“그날이 내 마지막 저녁이 될 거란 말이구나.”

“하지만 제롬 넌 눈물이나 한숨 따윈 없이 갈 수 있어야만 해.”

“작별 인사 없이. 나는 그 마지막 저녁 시간에 전날 저녁과 똑같이 아무렇지도 않게 너를 떠나게 될 거야. 너는 내가 아직도 알아차리기 못했는지 궁금해 할 거야. 그러나 다음 날 아침에 네가 나를 찾을 때면, 나는 이미 거기에 없을 거야.”

“나는 다음날 아침에 너를 찾지는 않을 거야.”

알리사가 손을 내밀자, 내가 그 손에 입술을 대며 덧붙여 말했습니다.

“하지만 운명의 그날 저녁때까지는 다가오고 있다는 느낌을 절대 내게 보여줘서는 안 돼.”

“너도, 그 뒤에 따를 이별에 대한 언급은 하지 말아야 해.”

이 만남의 엄숙함이 우리 둘 사이에 불편함을 초래할 위험이 있었기 때문에 그것을 없애야 했습니다.

“나는 정말로 이렇게 마무리하고 싶어.”

내가 계속 말했습니다.

"이 며칠이 여전의 그 날처럼 느껴지도록 … 즉, 우리가 이 며칠 동안이 특별하다는 것을 서로 느끼지 않기를 바랄게. 그리고…… 처음부터 너무 열심히 이야기하려고만 하지 않는다면 좋겠어."

알리사는 웃기 시작했고, 나는 여기서 말을 덧붙였습니다.

"우리가 함께 할 수 있는 일이 없을까?"

우리가 기억할 수 있는 한, 우리는 정원 가꾸는 것을 많이 즐거워했던 것으로 기억했습니다. 최근에 이전의 정원사가 경험이 부족한 정원사로 교체되었기 때문에, 지난 두 달 동안 방치된 정원에서는 해야 할 일들이 아주 많았습니다. 일부 장미나무는 심하게 가지치기를 당했으며, 일부 싱싱한 장미는 고사목이 무성하게 뒤엉켜 있었습니다. 몇몇 덩굴장미는 필요한 지지대가 없어서 쓰러져 있었고, 다른 잔 덧가지들의 싹 때문에 다른 가지들을 시들게 하고 있었습니다. 대부분은 우리가 직접 접붙인 것이었고, 우리는 우리의 자식과도 같은 나무를 알아보았습니다. 장미들을 돌보아주느라 우리는 많은 시간을 허비했지만, 처음 3일 동안 우리는 심각한 내용을 말 하지 않더라도 많은 이야기를 나눌 수 있었습니다. 그리고 우리가 아무 말도 하지 않았을 때는 우리의 그 침묵이 부담스럽게 느껴지지 않았습니다.

이렇게 우리는 다시 서로에게 익숙해졌습니다. 나는 실제로 설명보다는 이런 친밀함에 의지하고 있었습니다. 우리의 이별에 대한 기억조차도 이미 우리 사이에서 사라지기 시작했고, 내가 알리사에게서 느끼던 두려움과 그녀가 나에게 두려워하던 정신적인 긴장감은 이미 줄어들기 시작하고 있었습니다. 알리사는 내가 우울한 지난 가을에 방문했을 때보다 더 앳돼 보였고, 그녀가 지금보다 더 예쁘다고 생각한 적은 없었습니다. 나는 아직까지도 알리사와 키스를 해본 적이 없었습니다. 매일 저녁 나는 그녀의 목에 걸린 금 목걸이에서 반짝이는 작은 자수정 십자가를 보았습니다. 내 가슴에서는 다시 희망이 자신 있게 솟아오르고 있었습니다. 희망이라고? 아니! 이미 확신이었고, 알리사도 그것을 느끼고 있는 것 같았습니다. 나는 자신에 대해 거의 의심하지 않았기 때문에, 그녀에 대한 의심도 더 이상 가질 수 없었습니다. 조금씩 조금씩 우리의 대화는 대담해져 갔습니다.

"알리사!"

나는 하늘이 웃음과 기쁨으로 가득하고, 우리의 가슴이 꽃봉오리처럼 열리는 어느 날 아침에 그녀에게 말했습니다.

"줄리엣이 행복하니, 우리도 그렇게……."

나는 천천히 말하면서 알리사를 바라보았습니다. 갑자기 그녀의 얼굴은 너무도 창백해졌고, 그 모습이 너무 이상스러워서 나는 말을 더 이상 잇지 못했습니다.

"제롬!"

알리사가 나에게 눈을 돌리지 않은 채 말하기 시작했습니다.

"나는 너와 함께 있을 때 이보다 더 행복할 수 없다는 기분을 느껴…… 하지만, 믿어줘. 우리는 행복하기 위해 태어난 것은 아니잖아."

"인간의 영혼이 행복보다 더 바랄 수 있는 것은 무엇인데?"

나는 충동적으로 외쳤습니다. 알리사는 속삭이듯 말했습니다.

"신성함……."

너무 낮은 목소리로 말했기 때문에, 나는 그 말을 들었다기보다는 추측했습니다. 내 모든 행복이 날개를 펼쳐 내 마음을 떠나 하늘로 날아갔습니다.

"너 없이는 거기에 도달할 수가 없어."

나는 말했습니다. 알리사의 무릎 위에서, 아이처럼 울면서 –슬픔이 아니라 사랑으로– 나는 반복해서 말했습니다.

"너 없이는, 너 없이는!"

그런 일이 있은 후, 그날도 다른 날들처럼 흘러지나갔습니다. 그러나 저녁에 알리사는 작은 자수정 장식을 한 목걸이 없이 내려왔습니다. 나는 약속을 지키기 위해 다음 날 이른 새벽에 길을 떠났습니다.

다음 날, 나는 다음과 같은 이상한 편지를 받았습니다. 그 편지에는 모토처럼 셰익스피어의 시구 몇 줄이 적혀 있었습니다.

That strain again, –it had a dying fall;

Oh, it came o'er my ear like the sweet sound,

That breathes upon a bank of violets,

Stealing and giving odour. –Enough; no more,

Tis not so sweet now as it was before.

그 멜로디가 다시 들려오네,–그것은 죽어가는 듯한 음조.

날아온 달콤한 그 소리가 내 귀에 닿았네,

마치 포근한 향기를 내뿜는 제비꽃의 언덕 위에서,

살며시 들어와 향기를 주고.–충분해, 더 이상은 그만,

이제 예전처럼 그렇게 달콤하지는 않네.

그래! 나는 나 자신과 상관없이 날아간 너를 온 아침 내내 찾았어. 제롬, 네가 떠났다는 것을 믿을 수가 없었어. 우리의 약속을 지킨 네가 미웠어. 이건 장난일 거라고 생각했어. 나는 모든 덤불들 뒤에 숨어 있는 네가 나올 것이라고 기대했어. 그런데 아니야! 너는 정말로 떠나버렸구나. 고마워.

나는 하루의 나머지 시간을 너에게 전달하고 싶은 생각들이 끊임없이 나를 괴롭히는 것과, 내가 만약 그렇게 하지 않는다면 너에 대한 의무를 다하지 못한 느낌과 너의 비난을 받을 자격이 있다고 느낄 것이라는 독특하고 매우 확실한 두려움에 시달리며 보냈어. ……

퐁그즈마르에서 너를 처음 맞이한 순간, 내가 느낀 것은 놀라움이었고–그 후로는 불안함이었어–너의 존재 속에서 나의 몸과 마음

을 가득 채운 이상한 만족감에 대한 불안함이었어. 너는 말했지, '그토록 큰 만족감이어서, 나는 그 이상 아무것도 원하지 않아!' 아, 그게 바로 나를 불안하게 만드는 바로 그 만족감인 거야. ······

나는 두려워, 제롬, 네가 나를 오해할까 봐. 무엇보다도, 나는 단지 나의 가장 강렬한 감정의 표현을 예민함 ─오! 얼마나 어설픈 예민함인가!─이라고 생각할까 봐 두려워.

'만약 그것이 만족시켜주지 못한다면, 그것은 행복이 아니다.'라고 네가 말했지, 기억해? 나는 그때 무엇이라고 대답해야 할지 몰랐어. 아니야, 제롬, 그것은 우리를 만족시켜주지 않아. 제롬, 그것은 우리를 만족시켜주어서는 안 돼. 나는 이 환희로 가득 찬 만족감을 진실한 것으로 받아들일 수는 없어. 우리는 지난 가을에 그러한 만족감이 가리고 있던 슬픔을 깨닫지 않았던가!

진실한 행복! 아, 주여 그러한 만족감이 진실 되지 않도록 금지하소서! 우리는 그와 다른 행복을 위해 태어난 거야······.

우리가 전에 편지를 주고받은 것이 지난 가을 우리들의 만남을 망친 것처럼, 이제 너의 존재에 대한 추억은 오늘 내가 쓰고 있는 편지를 의미 없게 만들어 버리는구나. 내가 네게 편지를 쓰던 즐거움은 어디로 갔을까? 서로 편지를 주고받고, 서로 함께함으로써 우리는 우리의 사랑이 감히 갈망하는 순수한 기쁨을 모두 소진시켜 버린 거야. 이제, 나 자신도 모르게 나는 〈십이야〉*의 오시노처럼 외

---

* 셰익스피어의 5대 희극 중 마지막 희극. 크리스마스로부터 12일째 되는 1월 6일 구세주의 탄생을 축하하는 날로 크리스마스 축제의 마지막 날

쳐본다.

"충분해, 더 이상은 그만. 이제 예전만큼 그렇게 달콤하지는 않네."

잘 있어, 제롬. Hic incipit amor Dei(여기서 하나님의 사랑이 시작되노라.). 아! 내가 얼마나 너를 사랑하는지 네가 알게 될까?

끝까지 나는 너의 영원한

알리사

미덕의 덫에 걸린 나는 무방비 상태였습니다. 모든 영웅적인 기분이 나를 사로잡고 눈부시게 내 마음을 자꾸 이끌었습니다. 나는 이 영웅적인 기분을 사랑과 따로 분리해서 생각하지 않았던 것입니다……. 알리사의 편지는 나에게 경솔하고 중독적인 열정을 불러일으켰습니다. 하나님은 내가 오직 그녀를 위해 더 많은 미덕을 쌓으려고 노력했다는 것을 아십니다. 어떤 길이든, 위로 올라가는 길이라면 알리사에게로 나를 안내할 것만 같았습니다. 아! 땅이 갑작스럽게 빨리 좁아진다 할지라도 오직 그녀와 나만을 위한 땅이라면 넓다고 생각될 것입니다. 아아! 나는 그녀의 교묘한 속임수를 알아차리지 못했고, 그래서 그녀가 간신히 올라간 봉우리에서 나를 피해 다시 한 번 도망하리라는 것은 상상하지도 못했습니다.

나는 알리사에게 장문의 답장을 했습니다. 다음은 내가 기억하는 내 편지 중에서 가장 유일하게 명확했던 부분입니다.

나는 자주 생각해. 나의 사랑이 내가 가지고 있는 것 중에서 가장 좋은 부분이라는 것. 나의 모든 미덕이 나의 사랑에 달려 있다는 것. 나의 사랑이 나를 나 이상보다 더 높이 끌어올려주고, 나의 사랑이 없이는 내가 매우 평범한 인간의 높이로 다시 떨어질 것이라는 것. 네게 도달할 수 있다는 희망이 있기 때문에 나에게 주어진 길이 항상 가장 험난한 길이라 할지라도 내게는 가장 보람된 길이라고 생각할 거야.

그녀가 다음과 같이 답장을 하게 만들 수 있었던 것은, 내가 편지에 무엇이라고 덧붙여 적었던 것일까요?

하지만, 제롬, 신성함은 선택이 아니라 의무야('의무'라는 단어에는 그녀의 편지에서 세 번이나 밑줄이 그어져 있었습니다.). 내가 믿어 온 사람인 너라면, 너도 역시 의무를 피할 수는 없을 거야.

그게 전부였습니다. 우리의 편지가 거기서 멈출 것이라는 것과 가장 교활한 조언이나 가장 확고한 결심도 아무런 소용이 없을 것이라는 것을 나는 이해한다기 보다는 차라리 불길한 예감이 들었습니다. 그러나 나는 다시, 길고 애정 어린 편지를 썼습니다. 세 번째 편지를 쓴 후에 나는 이 짧은 편지를 받았습니다.

제롬,

내가 너에게 편지를 쓰지 않겠다고 결심했다고 생각하지 마. 나는 단지 더 이상 편지를 쓰는 즐거움을 느끼지 않는 것뿐이야. 그렇지만 너의 편지는 여전히 나를 흥미롭게 해. 나는 점점 더 네가 너무 많은 생각을 하게 한 것에 대해 자책하고 있어.

여름이 얼마 남지 않았어. 한동안 서로의 편지를 중단하고, 9월 마지막 보름에 퐁그즈마르에서 나와 함께 보내는 건 어때. 좋아? 만약 그렇다면, 답장을 하지 않아도 돼. 나는 네 침묵을 동의로 간주할 거야, 그러니 네가 답장을 하지 않기를 바랄게.

나는 답장하지 않았습니다. 의심할 여지없이 이 침묵은 그녀가 나에게 가하는 마지막 시험일뿐이었습니다. 몇 달간의 공부와 몇 주간의 여행을 마치고 퐁그즈마르로 돌아왔을 때, 나의 마음은 아주 평온한 상태였습니다.

나의 이 장황한 설명으로써, 나도 처음에는 제대로 이해하지 못했던 것을 어떻게 그것도 즉시 독자들을 명확하게 이해시킬 수 있을까? 그 순간부터 나를 완전히 압도한 절망감에 휩싸이게 한 그 비탄의 원인을 어떻게 그려낼 수 있을까? 나는 여전히 가면에 숨겨져 있었던 그 용솟음치는 사랑을 인식하지 못한 것에 대한 용서를 오늘 내 마음속에서 구할 수가 없지만, 처음에는 내가 볼 수 있었던 것은 오직 그 가면이라는 외면뿐이었습니다. 그래서 나는 지난날의 내 애인을 더 이상 찾아볼 수가 없다고 알리사를 비난했던 것입니다. 아니! 그 때조차, 알리사, 나는 너를 비난하지 않았지만, 더 이상 지난날의 너를 찾아볼 수가 없다는 것에 절망하며 눈물을 흘렸던 겁니다. 이제 나는 너의 사랑의 힘을 그 침묵의 교활함과 그 잔인한 기교로 측정할 수 있게 되었으니, 네가 더욱더 나를 괴로울 정도로 상실감에 빠지게 하면 할수록 나는 너를 더 사랑해야만 하는 것인가?

경멸? 냉담함? 아닙니다. 극복할 수 있는 것은 아무것도 없습니다. 나에게 있어서는 싸울 대상조차 없는 것이었습니다. 그리고 나는 때때로 주저했습니다. 나의 고통이 나의 상상에서 비롯된 것은 아닐까 의심했습니다. 그 원인이 너무나 미묘하고, 알리사의 오해하는 척 하는 솜씨가 너무 뛰어났던 것 같았습니다. 그렇다면 나는 무엇을 불평해야 할까요? 그녀의 맞이하는 태도는 예전보다 더 미소를 짓고 있었습니다. 예전의 그녀는 결코 이보다 더 다정한 모습이나 이보다 더 상냥한 모습을 보여준 적이 없었습니다. 내가 거의 속아 넘어간 것은 첫날이었습니다. 결국 그녀가 머리를 새롭게 스타일링 하여 평평하게 하고 얼굴에서 뒤로 당겼다는 것이 어떤 중요성이 있었을까요? 그로 인해 그녀의 특징은 거칠어지고 그 진정한 표현이 바뀌었고-음침한 색상과 거칠고 보기 흉한 질감의 드레스가 그녀의 섬세한 몸의 리듬을 서투르게 변화시켰다는 것? … 나는 무의식적으로 여기서 다음 날이라도 그녀의 자발적으로나 또는 내 부탁으로 그녀의 몸의 리듬을 서투르게 변화시킨 것을 제대로 원래대로 해결되지 않을 것이 없다고 생각했습니다. 나는 우리의 습관과 매우 이질적이었던 그녀의 다정함과 관심이 나를 더욱 기분 나쁘게 했던 것입니다. 나는 그 안에서 즉흥성보다 더 많은 의도성을 보았던 것 같아 두려웠고, 비록 말하기는 조심스럽지만, 사랑보다는 오히려 더 많은 예의가 있었던 것은 아닐까 두려웠습니다.

저녁 무렵, 내가 응접실에 들어갔을 때, 평소 있던 자리에서 피아노가 없어진 것을 보고 깜짝 놀랐습니다. 알리사는 나의 실망한 외침에 아주 차분한 목소리로 대답했습니다.

"수리하러 보냈어."

"그러게, 내가 여러 번 말했잖아!"

외삼촌은 거의 꾸짖는 듯한 엄한 어조로 말했습니다.

"지금까지 그럭저럭 잘 사용해 왔는데, 제롬이 가기 전까지 수리 보내는 걸 기다릴 수도 있었잖니. 네가 너무 서둘러서 우리에게 큰 즐거움을 하나 앗아가 버렸어."

"하지만, 아버지!"

알리사가 얼굴이 붉어져서 고개를 돌리며 말했습니다.

"정말로 최근에는 너무 시끄러웠어요. 제롬, 본인도 그걸로는 아무것도 할 수 없었을 거예요."

"네가 이걸 연주했을 때 그렇게 나쁘게 들리지 않아 보였거든."

외삼촌이 말했습니다.

알리사는 몇 분간 그림자 속에 머물며 의자 커버의 치수를 재는 것처럼 허리를 구부렸다가, 갑자기 방을 나갔고, 나중에 외삼촌이 매일 저녁에 마시는 탕약이 담긴 쟁반을 가지고 돌아올 때까지 알리사는 돌아오지 않았습니다.

그 다음 날도 알리사는 머리 스타일이나 드레스도 바꾸지 않고, 집 앞의 벤치에 앉아 아버지 옆에서 전날 저녁에 하던 바느질이라기보다는 깁는 일에 해당되는 수선 작업을 계속했습니다. 알리사의 옆 벤치나 탁자에는 수선해야 할 양말과 스타킹이 가득 담긴 큰 바구니가 있어 그곳에서 일감을 꺼내는 것이었습니다. 며칠 후에는 수건과 침대 시트로 바뀌었습니다. 이 일은 알리사를 완전히 사로잡은 듯, 그녀의 입술에서는 전혀 표정을 읽을 수가 없었고, 눈에서는 광채를 찾아보기가 힘들었습니다.

"알리사!"

내가 첫날 저녁에 알아보기 힘들 정도로 알리사의 얼굴에서 모든 시의 잔향이 사라진 것에 놀라 두려움을 느껴 외쳤습니다. 나는 알리사를 내 시선에 고정시켜놓았지만, 그녀는 전혀 나의 시선을 신경 쓰지 않는 듯이 보였습니다.

"왜 그래?"

알리사가 고개를 들어 나를 보며 말했습니다.

"내가 하는 말이 들리는지 알아보고 싶었어. 너의 생각이 나와 너무 멀리 떨어져 있는 것 같았어."

"아니, 난 여기 있어. 하지만 이 수선 작업은 많은 주의가 필요해."

"네가 바느질하는 동안 책이라도 읽어줄까?"

"그래, 그렇지만 잘 듣지 못할 것 같아."

"왜 그렇게 몰두해야 하는 일을 선택한 거야?"

"누군가는 해야 하니까."

"그 일을 기꺼이 하고 싶은 가난한 여성들이 많이 있을 텐데, 약간의 수입을 위해서 말이야. 네가 그렇게 지루한 일을 하는 이유가 경제적인 건 아닌 것 같은데?"

알리사는 즉시 나에게 다른 종류의 어떠한 일도 바느질만큼 그토록 재미있는 것은 없으며, 바느질이 오랫동안 해 온 유일한 일이라서, 다른 일에는 전혀 일손이 잡히지 않게 되었다고 덧붙였습니다. 알리사는 말을 계속 하면서도 미소 지어 보였습니다. 그녀의 목소리는 지금처럼 달콤했던 적은 없었습니다. 그래서 나를 더욱 슬픔에 잠기게 합니다.

'나는 지금 당연한 이야기를 하고 있잖아. 그런데 왜 그게 너를 슬프게 하는 거지?'

알리사의 얼굴 표정이 그렇게 말하는 것 같았습니다.

그리고 내 마음 속에서 일어나는 모든 항의는 더 이상 내 입술까지 올라오지 못한 채, 너무 어이없어서 말문이 막히고 말았습니다.

하루 이틀 후, 우리가 장미꽃을 꺾고 있을 때, 그녀는 내가 장미를 그녀의 방으로 옮겨주길 바랐습니다. 나는 올해 아직 알리사의 방에 들어가 본 적이 없었습니다. 그 순간 내 마음 속에 얼마나 으쓱하게 하는 희망이 피어났는지! 나는 나의 슬픔을 탓하는 것밖에 할 수가 없었기 때문에, 그녀의 말 한 마디가 내 병든 마음을 치유해주었을 수도 있었을 것입니다.

나는 알리사의 방에 들어갈 때 감정 없이 들어간 적이 없었습니다. 그 방 안에서 느껴지는 멜로디 같은 평화가 무엇으로 이루어졌는지 말할 수 없습니다. 나는 알리사를 그 안에서 알아보았습니다. 창문과 침대 주위의 벽에 친 커튼의 푸른 그림자, 빛나는 마호가니 가구, 정돈된 상태, 완전히 청결한 상태, 그리고 침묵은 모두 그녀의 순수함과 사색적인 우아함을 제 마음에 전해주었습니다.

그 날 아침, 내가 이탈리아에서 가져다 준 마사치오의 큰 사진 두 점이 그녀의 침대 옆 벽에서 사라진 것을 보고 나는 깜짝 놀랐습니다. 나는 그것들이 어떻게 되었는지 그녀에게 묻기 일보 직전이었는데, 그때 내 시선이 가까운 책꽂이를 향했습니다. 그곳은 그녀가 침대 옆에서 읽던 책들을 보관하던 곳이었습니다. 이 작은 책꽂이에는 내가 준 책들과 우리가 함께 읽었던 다른 책들에 의해 점차 채워져 꽂혀 있었습니다. 그런데 지금 보니 그 모든 책들이 사라지고, 그녀가 경멸했으면 하는 보잘것없는 속물적인 신앙심에 대한 경신서들로만 교체되었다는 것을 이제 막 깨달았습니다. 문득 눈을 들어 보니, 알리사가 나를 보며 웃고 있는 것을 볼 수 있었습니다. 맞습니다, 그녀는 웃고 있었습니다.

"미안."

알리사가 바로 말했습니다.

"네 얼굴을 보고 웃음이 나왔어. 내 책꽂이를 보고 그렇게 갑자기 얼굴색이 변하는 걸 보니……."

나는 농담을 할 기분이 전혀 아니었습니다.

"아니, 정말로, 알리사, 지금 읽고 있는 게 그 책들이야?"

"응, 물론이야. 그런데 왜 그렇게 놀라는 거니?"

"교양이 상당히 풍부한 양식에 익숙해져 있다면, 그런 역겨운 것들에는 혐오감을 느낄 것이라고 생각했어."

"난 네가 지금 한 말이 전혀 이해가 안 돼."

알리사가 말했습니다.

"이 책들의 지은이는 나에게 간단히 이야기하는 소박한 영혼들이고, 최선을 다해 자신을 표현하고 있어. 나는 그들과 함께 하는 것에 즐거움을 느끼고 있어. 나는 그들이 어떤 고상한 언어의 덫에 걸리지 않을 것을 미리 알고 있고, 내가 이 책을 읽으면서 어떤 세속적인 찬사에 속지 않을 것이라는 거야."

"그럼 지금 그런 책들 말고는 다른 책은 안 읽는 거야?"

"거의 그렇지. 그래, 지난 몇 달 동안. 하지만 지금은 독서할 시간이 별로 없어. 그리고 솔직히 말하자면, 최근에 네가 가르쳐 준 위대한 저자 중 한 사람을 다시 읽어보려 했지만, 성경의 한 남자처럼 자기 키를 더 늘여보고 싶어 하는 사나이와 같은 결과만 나왔어.”

“그 ‘위대한 저자’는 누구지? 너에게 그렇게 이상한 생각을 심어준 사람은 누구냐고?”

“그 사람이 심어준 것은 아니지만, 그가 쓴 책을 읽으면서 그렇게 느꼈어. …… 그것은 파스칼이었어. 아마도 내가 별로 좋지 않은 어떤 구절에 부딪쳤었나 봐. ……”

나는 안타깝다는 몸짓을 해 보였습니다. 알리사는 꽃다발에서 눈을 떼지 않고 꽃들을 정리하고 다시 정리하는 데 계속 집중하면서, 마치 교훈을 암송하는 것처럼, 명확하고 단조로운 목소리로 말했습니다. 알리사는 나의 안타까워하는 몸짓에 잠시 멈추는가 싶더니, 다시 비슷한 어조로 계속 말을 이어갔습니다.

“이러한 대담함과 노력에 놀라지 않을 수가 없네! 그렇다고 거의 아무것도 증명하지는 못하잖아! 나는 때때로 파스칼의 그 애처로운 억양이 신앙의 결과라기보다는 의심의 결과가 아닐까 궁금해지기도 했어. 완전한 신앙의 음성은 눈물과 목소리의 떨림이 거의 없다는 것을 말하거든.”

“파스칼의 완전한 신앙의 음성은 바로 그런 떨림과 그런 눈물 때문에 아름다운 것이지.”

나는 반박하려고 애썼지만, 도저히 그럴 용기가 나지 않아 기운이 빠졌습니다. 그녀의 말에서 나는 내가 사랑했던 알리사에게서 느꼈던 어떤 것도 찾아볼 수가 없었습니다. 나는 그 말을 기억나는 대로 적어 내려갔습니다. 이 글에는 그 일이 있은 후 생각한 어떤 말솜씨나 논리를 추가하진 않았습니다.

"만일 파스칼이 자기의 삶의 기쁨을 먼저 현세에서 비워내지 않았더라면," 그녀가 계속해서 말했습니다.

"현세의 기쁨은 보다 더 무거웠을 턴데."

"무엇보다?"

그녀의 이상한 말에 놀라며 내가 물었습니다.

"파스칼이 제시하는 불확실한 행복보다."

"그럼 너는 파스칼이 제시하는 그 행복을 믿지 않는 거야?"

내가 소리 높여 외쳤습니다.

"상관없어!"

그녀가 대답했습니다.

"장사치의 매매 같은 의심이 없도록 차라리 불확실하게 남아 있는 것이 더 좋아. 하나님을 사랑하는 영혼이 미덕에 몸을 바치는 것은 보상의 희망 때문이 아니라 타고난 고귀함에 따른 거잖아."

"그러면 그것이 파스칼과 같은 고귀한 마음이 피신하는 비밀스런 회의론에서 나온 거라는 거야?"

"회의론이 아니라 얀센주의*."

알리사는 미소를 띠며 말했습니다.

"내가 그런 일과 무슨 상관이 있겠어? 여기 있는 이 불쌍한 영

혼들은,"

그녀는 자신의 책을 향해 돌아서서,

"그들이 얀센주의자인지 정적주의자*인지, 아니면 그렇지 않은지 말할 수 없을 거야. 그들은 바람에 구부러진 풀처럼 하나님 앞에 절하며, 간교함이나 염려나 아름다움이 없으니까. 그들은 자신들의 가치가 별로 중요하지 않다고 생각하며, 그들의 유일한 가치는 하나님 앞에서 지워지는 데 있다는 것이라고 알고 있거든."

"알리사!"

내가 크게 소리쳤습니다.

"왜 너는 네 날개를 떼어내려 하는 거야?"

그녀의 목소리는 너무나 차분하고 자연스러워서 내 외침이 더욱 우스꽝스러운 과장된 것처럼 느껴졌습니다. 그녀는 다시 미소를 띠며 고개를 저었습니다.

"내가 파스칼을 읽고 나서 가져온 것은……."

"뭐였어?"

내가 물었습니다. 그녀가 말하는 것을 멈췄기 때문입니다.

"그리스도의 말씀: '자기의 생명을 구하려고 하는 자는 잃을 것이다.'** 그리고 그것에 대해,"

그녀는 더욱 크게 미소를 지으며 나를 똑바로 바라보며 말했

습니다.

"나는 거의 더 이상 이해하지는 못하겠어. 이렇게 하찮은 자들과 함께 살다 보니, 위대한 사람들의 숭고함이 얼마나 빠르게 나를 숨이 막히고 지치게 하는지 정말 놀라워."

내 마음의 동요가 나에게 대답할 여지를 주지 않을까요?

"만일 내가 지금이라도 너와 함께 이 모든 설교와 종교적·도덕적인 내용이 들어 있는 소책자들을 꼭 읽어야 한다면……"

"하지만,"

그녀가 끼어들었습니다.

"네가 그 책들을 읽는 것을 보게 된다면 정말 안타까울 거야! 나는 네 의견에 전적으로 동의해. 나는 네가 그보다 훨씬 더 나은 일을 하도록 태어났다고 생각하거든."

그녀는 우리 삶을 따로 떼어 놓는 것을 암시하는 이 말로 인해 내 마음이 찢어질지도 모른다는 의심도 없이 아주 단호하게 말했습니다. 나는 머리에서 열이 나는 듯 했습니다. 나는 계속 말하고 싶었고, 울고 싶었습니다. 아마도 내가 눈물을 보인다면, 알리사를 정복했을지도 모릅니다. 그러나 나는 아무 말도 하지 않고 벽난로에 팔꿈치를 기대고 머리를 손에 파묻은 채 가만히 있었습니다. 그녀는 침착하게 꽃을 꽂고 있었습니다. 나의 괴로움을 전혀 모르는지 아니면 보고도 모르는 척하는 것인지…….

그 순간 점신 시간을 알리는 첫 번째 종이 울렸습니다.

"나는 절대 점심 식사에 늦어서는 안 돼."

알리사가 말했습니다.

"너는 지금 가야 해."

그리고 마치 장난스럽게 알리사가 말했습니다.

"우리, 이 이야기를 다음에 계속하기로 하자."

우리는 이 이야기를 계속 이어가지 못했습니다. 알리사는 나를 계속해서 피했습니다. 그녀가 나를 피하는 것처럼 보이지는 않았지만, 많은 소소한 일들이 훨씬 더 긴급하게 다가왔기 때문입니다. 나는 내 차례를 기다려야만 했습니다. 집안일의 지속적으로 반복되는 일들, 헛간에서 진행 중인 수리에 대한 그녀의 처리, 농부들에 대한 그녀의 방문, 그리고 그녀가 점점 더 바쁘게 지내는 불쌍한 사람들에 대한 그녀의 방문 다음에야 겨우 내 차례가 되었습니다. 나에게는 그 나머지 시간만을 가질 수 있었으며, 그 시간은 또한 매우 짧았습니다. 그녀를 만날 때마다 그녀는 항상 급한 듯 보였습니다. 어쩌면 그녀의 이러한 사소한 일들에 의해서, 내가 그녀를 쫓는 것을 단념했을 때, 나는 알리사가 얼마나 많이 나를 소홀하게 대하는 지를 느낄 수 있었습니다. 가볍고 짧은 대화도 나에게 그것을 더 분명하게 일깨워주었습니다. 알리사가 나에게 잠시 시간을 허락했을 때마저도, 그녀는 아이와 장난치듯이 어설픈 대화만 이어갈 뿐이었습니다. 그녀는 내 곁을 지나칠 때 재빠르게, 깜빡 잊은 듯 미소를 지으며 지나갔습니다. 나는 그녀가 내가 그녀를 결코 알지 못했을 때보다 더 먼 존재가 된 듯

했습니다. 때때로 그녀의 미소를 보면 나는 어떤 시험대에 오른 것 같거나, 어쨌든 일종의 비꼬는 것 같고, 그녀가 이렇게 내 소망을 피하며 즐기고 있는 것처럼 보였습니다. 그러면 그때 나는 비난을 피하기 위해 나 자신을 돌아보며 모든 불평을 나 자신에게 돌리곤 했습니다. 그녀에게서 무엇을 기대해야 할지도 잘 모르면서, 그녀에게 무엇을 비난할 수 있을지도 잘 알지 못했기 때문입니다.

그래서 내가 그렇게 많은 행복을 약속했던 날들이 흘러가버렸습니다. 나는 그 날들이 흘러 지나가는 것을 멍하니 바라보았지만, 그 날의 수를 늘리거나 그 흘러감을 느리게 하고자 노력하지는 않았습니다. 그 각각의 날들이 내 슬픔을 더욱 악화시켰기 때문이었습니다. 그러나 내가 출발하기 이틀 전, 알리사는 나와 함께 폐광이 된 채굴터 옆 벤치로 나왔습니다. 구름 없는 지평선 너머로, 푸른 색조의 풍경의 모든 세세한 부분까지 뚜렷하고 선명하게 드러났으며, 과거의 흐릿한 기억들까지 느껴지게 하는 맑은 가을 저녁이었습니다. 나는 내가 지금 겪고 있는 불행을 그녀에게 보여주며 한탄을 금할 수 없었습니다. 내가 잃어버린 행복을 그녀에게 보여주며 말했습니다.

"하지만 내가 뭘 할 수 있을까, 제롬?"

알리사가 곧바로 말했습니다.

"너는 어떤 환영과 사랑에 빠졌어."

"아니, 환영과는 아니야, 알리사."

"너의 상상 속의 인물과."

"안타깝게도! 나는 상상 속의 인물을 만들고 있지는 않아. 알리사는 한때 나의 사랑이었어. 나는 그녀를 그러게 기억하고 있어. 알리사! 알리사! 내가 사랑한 것은 바로 너였어. 너는 너 자신에게 뭘 한 거니? 너는 도대체 무엇이 되었느냔 말이야?"

그녀는 대답 없이 한 동안 가만히 있었고, 천천히 꽃을 뽑아내며 고개를 숙이고 있었습니다. 그러다가 마침내 입을 열었습니다.

"제롬, 왜 그냥 네가 나를 전보다 덜 사랑한다는 걸 솔직하게 말하지 않니?"

"그건 사실이 아니야! 그건 사실이 아니라고!"

나는 분노하며 소리쳤습니다.

"왜냐하면 나는 너를 이보다 더 사랑한 적이 없거든."

"너는 나를 사랑한다고 하면서도 예전의 나를 찾고 있잖니!"

그녀는 미소 지으려 애쓰며 어깨를 약간 움츠렸습니다.

"나는 내 사랑을 과거에만 맡겨 놓을 수 없어."

내 발 밑에서 땅이 무너져 내리고 있었습니다. 나는 무엇이든 잡으려고 했습니다.

"그렇지만 사랑이라는 것도 또 다른 그 나머지 것들과 함께 과거로 지나가 버리는 거야."

"내가 하는 사랑은 나와 함께여야만 지나갈 수 있는 거야."

"너의 그 생각도 점차 지나갈 거야. 네가 여전히 사랑한다고 생각하는 알리사는 이미 네 기억 속에서만 존재할 뿐이며, 그녀를 사랑했었다는 기억밖에 나지 않는 그런 날이 올 거야.”

“마치 너는 내 마음에 있는 알리사의 자리에 무언가가 차지될 수 있다거나 내 마음이 이제는 더 이상 사랑을 해서는 안 되겠다는 것처럼 이야기하네. 네가 한때 나를 사랑했던 기억을 잊어버린 거야? 그렇지 않다면야, 네가 나를 이렇게 고통스럽게 하는데 즐거운 듯이 보일 리가 없잖아?”

그녀의 창백한 입술이 부르르 떨리는 것을 보았습니다. 그녀는 거의 들리지 않을 듯한 목소리로 속삭였습니다.

“아니, 아니. 알리사의 마음은 그 점에서는 변하지 않았어.”

“그렇다면 아무것도 변한 게 없잖아?”

나는 그녀의 팔을 붙잡으며 말했습니다. 그녀는 확고하게 계속 말을 이어갔습니다.

“한 마디면 모든 것을 설명할 수 있어. 왜 그 말을 터놓고 하지 않지?”

“무슨 말?”

“내가 나이가 많잖아.”

“말도 안 되는 소리 집어 치워!”

나는 즉시 나도 그녀만큼 늙었으며, 우리 두 사람 사이의 나이 차이는 여전히 전과 같다고 항의했습니다. ……그러나 그녀는 다시 자신의 감정을 추슬렀습니다. 그 유일한 기회의 순간은 지나갔고, 나는 다시 논쟁을 시작함으로써 나의 이점을 놓치고 말았습니다. 나의 발아래 땅이 무너지는 듯했습니다.

이틀 후, 나는 퐁그즈마르를 떠났습니다. 그녀와 나 자신에 대한 불만으로 가득 차 있었으며, 여전히 내가 '미덕'이라고 부르는 것에 대한 모호한 증오와 내 마음의 습관처럼 자리 잡은 집념에 대한 분노로 가득 차 있었습니다. 이번 마지막 만남에서, 나의 사랑의 과장된 표현을 통해 나는 모든 열정을 모두 소진해 버린 것 같았습니다. 처음에는 내가 반대하려던 알리사에 대한 그녀의 한마디 한마디가, 나의 반대가 사라진 후에도 여전히 내 안에서 살아 숨 쉬고 승리하고 있었습니다. 그렇습니다, 틀림없이 그녀가 옳았습니다! 내가 걱정했던 것은 단지 환영에 불과했습니다. 내가 사랑했던, 그리고 아직도 사랑하는 알리사는 더 이상 존재하지 않았습니다. ……… 그렇습니다, 의심할 여지없이 우리는 나이 들었습니다! 내 마음을 얼어붙게 했던 소름끼치는 그녀의 멋없는 변화도 결국은 자연 그대로의 흐름으로 돌아가는 것에 불과했습니다. 만약 내가 그녀를 조금씩 높여 올렸다면, 만약 내가 사랑하는 모든 것으로 그녀를 장식하면서, 그녀를 내 마음 속의 우상으로 만들었다고 하더라도, 이제 내 수고의 결과로 남은 것은 나의 피로밖에 더 무엇이 남았겠습니까? 혼자 있게 내버려 두자마자, 알리사는 자신의 원래의 수준으로 되돌아갔습니다. 나 또한 알리사와 같이 그 평범한 수준으로 내려와 있었으며, 그 수준에서는 이제는 더 이상 알리사를 원하지 않았습니다. 아! 그녀가 나의 노력으로 도달한 그 높은 곳에서 그녀와 함께 있으려던 그 미덕의 힘에 대한 고통스러운 노력도 얼마나 어리석고 환상적으로 생각되는 지! 조금만 더 자존심을 낮췄더라면 우리의 사랑은 쉬웠을 텐데……. 하지만 목적 없는 사랑에 집착한다는 것이 무슨 의미가 있을까? 그것은 고집이었지, 이미 충실함이 아닌 것입니다. 충실하게 무엇에? 그것은 망상에. 지금까지 내가 잘못 생각하고 있었다고 인정하는 것이 가장 현명하지 않을까?

그 사이에 나는 아테네 학원*에 입학을 추천 받았습니다. 나는 야망이나 기쁨의 감정 없이, 마치 탈출처럼 떠나겠다는 생각에 반갑게 즉시 수락했습니다.

---

* 고대 그리스 문화의 연구를 위해 프랑스 정부가 그리스 아테네에 세운 학교

8

　그리고 나는 또 한 번 알리사를 만나 보았습니다. 그것은 삼 년 후, 여름이 끝나갈 무렵이었습니다. 10개월 전, 나는 그녀에게 외삼촌의 죽음에 대한 소식을 들었습니다. 나는 그 당시 여행 중이던 팔레스타인*에서 그녀에게 꽤 긴 편지를 써서 보냈지만, 답장을 받지는 못했습니다.

　나는 르아브르에 있는 상황이었고, 왜 갔는지는 잊어버렸지만, 자연스러운 본능이 나를 퐁그즈마르로 이끌어 갔습니다. 나는 알리사가 거기에 있다는 것을 알았지만, 혹시 그녀가 혼자가 아닐까 두려웠습니다. 나는 나의 도착을 미리 알리지도 않았고, 일상적인 평범한 방문객처럼 나 자신을 나타내야 한다는 생각에 혐오

---

* 지중해 동쪽의 옛 국가. 1948년에 그 일부에 이스라엘이 건국됨. 성서에서 말하는 가나안 땅

감을 느끼면서 불안스러운 마음으로 길을 걸어갔습니다. 들어가야 할까? 아니면 그녀를 보지 않고, 그녀를 보려고 시도도차 하지 않고 떠나야 할까? 그렇다, 의심할 여지없이 나는 그냥 가로수 길을 따라 산책이나 하자. 어쩌면, 아마도 그녀가 여전히 와서 앉아 있을지도 모르는 그 벤치에나 가서 앉아 볼까? …… 그리고 나는 이미 내가 남길 수 있는 어떤 표시를 떠올리기 시작했습니다. 그 표시가 내가 떠나 버린 후에, 내가 왔었다는 것을 알릴 수 있을 것입니다. …… 그렇게 생각하면서 나는 천천히 걸어갔습니다. 이제 그녀를 보지 않기로 결심했으니, 내 마음을 조여 온 슬픔의 날카로움이 거의 달콤한 우울함으로 바뀌기 시작했습니다. 나는 이미 가로수 길에 도착했고, 불시에 발견될까 두려워 농장의 앞마당을 경계 짓는 둑의 보행로를 걷고 있었습니다. 나는 둑의 어느 한 곳에서 정원을 한눈에 바라볼 수 있는 곳을 알고 있었습니다. 그래서 나는 그리로 올라갔습니다. 내가 알지 못하는 정원사가 오솔길의 잡초를 갈무리하고 있었고 이내 내 시야에서 사라졌습니다. 새로운 울타리가 안마당을 에워싸고 있었습니다. 내가 지나갈 때, 개가 내 발자국 소리를 듣고 짖었습니다. 좀 더 지나가서 나무가 늘어선 가로수 길이 끝나는 곳에서 정원의 토담과 마주치자 나는 오른쪽으로 돌았습니다. 나는 내가 떠났던 길과 평행한 너도밤나무 숲이 있는 곳으로 향하고 있었고, 채소밭의 작은 문을 지나갈 때, 갑자기 이 문을 지나 정원으로 들어가고 싶다는 생각이 나를 사로잡았습니다.

문은 닫혀있었습니다. 그러나 안쪽 잠금장치가 오히려 별로 튼튼한 것이 아니라, 내가 어깨로 그것을 열려고 하려다가 …… 바로 그 순간 발소리를 들었습니다. 나는 토담 모서리 뒤로 물러났습니다.

나는 정원에서 나오는 사람이 누구인지 볼 수는 없었지만, 나는 들었고, 그것이 알리사라는 것을 느꼈습니다. 그녀는 세 걸음 앞으로 나아가서 나약한 목소리로 불렀습니다.

"너니, 제롬?"

내 심장은 격렬하게 뛰다가 멈췄고, 내 목이 막혀서 아무 말도 나오지 않자, 그녀는 더 큰 소리로 반복했습니다.

"제롬! 너니?"

그녀가 이렇게 나를 부르는 소리를 듣자마자 나를 사로잡은 감정은 너무 커서 나도 모르게 무릎을 꿇게 만들었습니다. 내가 여전히 대답하지 않자, 알리사는 몇 발짝 앞으로 나아가 토담 모서리를 돌아섰고, 나는 무릎을 꿇고 팔로 얼굴을 가리며 너무 빨리 그녀를 보는 것이 두려운 것처럼 갑자기 그녀가 내 곁에 있는 것을 느꼈습니다. 그녀는 잠시 나에게 몸을 구부리고 있었고, 나는 그녀의 여린 손에 입맞춤을 했습니다.

"왜 숨고 있었어?"

마치 그 사라진 3년이 며칠밖에 되지 않은 것처럼 간단하게 그녀가 말했습니다.

"어떻게 나라는 걸 알았어?"

“너를 기다리고 있었어.”

“날 기다리고 있었다고?”

나는 너무 놀라서 그녀의 말을 반복할 수밖에 없었습니다. 그리고 나는 여전히 무릎을 꿇고 있었습니다.

“벤치가 있는 곳으로 가자,”

그녀가 계속 말했습니다.

“맞아, 나는 다시 너를 볼 것이라는 걸 알고 있었어. 지난 삼일 동안 나는 매일 저녁 여기 와서 오늘 밤처럼 너를 불렀어. … 왜 대답하지 않았어?”

“네가 나를 갑자기 발견하지 않았다면, 나는 너를 보지 않고 떠났을 거야,”

나는 처음에 나를 까무러뜨릴 정도로 아찔했던 감정을 억누르며 말했습니다.

“나는 때마침 르아브르에 있었고, 단지 그 가로수 길을 따라 산책하며 정원 바깥쪽을 돌아보고, 여기에서 잠시 동안 쉬어 가려고 했어. 나는 네가 가끔 여기 앉을 수도 있을 거라고 생각했거든, 그리고 그 다음에……”

“이것을 지난 세 번의 저녁 동안 읽으려고 가져왔어.”

그녀가 끼어들며 편지 뭉치를 나에게 내밀었습니다. 나는 그것이 이탈리아에서 그녀에게 쓴 편지란 걸 알아보았습니다. 그 순간 나는 그녀를 마주 보았습니다. 그녀는 믿을 수 없을 만큼 변해 있었습니다. 그녀의 여윈 모습과 창백한 얼굴이 내 마음을 끔찍하게 아프게 했습니다. 그녀는 내 팔에 무겁게 기대며, 마치 두렵거나 추운 것처럼 나에게 매달렸습니다. 그녀는 여전히 깊은 애도 중이었고, 머리에 두른 검은 레이스가 그녀의 얼굴을 감싸고 있어 그녀의 창백함을 더욱 돋아보이게 했습니다. 그녀는 미소를 지었지만, 쇠약해진 다리는 거의 그녀를 지탱해 주지 못하는 것처럼 보였습니다. 나는 그녀가 퐁그즈마르에 혼자 있는지 알고 싶었습니다. 아니, 로베르가 그녀와 함께 살고 있었습니다. 줄리엣, 에두아르, 그리고 그들의 아이들은 8월을 그들과 함께 보내고 있었습니다. 우리는 벤치에 도착했고, 앉아서 몇 분간의 대화가 평소의 진부한 질문들로 이어졌습니다.

그녀는 내가 하는 일에 대해 물었습니다. 나는 내키지 않는 마음으로 대답했습니다. 나는 그녀가 내가 하는 일이 더 이상 나에게 흥미가 없다는 것을 느끼기를 바랐습니다. 나는 그녀가 나를 실망시킨 것처럼 그녀를 실망시키고 싶었습니다. 내가 성공했는지는 모르겠지만, 어찌되었건 그녀는 그런 내색을 보이지 않았습니다. 내 마음은 원망과 사랑으로 가득 차 있었고, 그래서 나는 가능한 한 무뚝뚝하게 이야기하려고 최선을 다했으며, 때때로 내 목소리가 떨리는 감정 때문에 나 자신에게 화가 났습니다.

잠시 구름에 가려져 있던 저녁 해가 우리와 거의 반대편의 수평선 가장자리에 다시 나타나, 빈 들판에 찬란한 영광을 쏟아 붓고 우리 발아래 열린 좁은 계곡에 갑작스러운 풍부함을 쌓았다가 사라졌습니다. 나는 거기서 눈이 부시고 말문이 막힌 채 앉아 있었습니다. 나는 내 분노가 사라지고 오직 사랑만이 내 안에 남은 채로 황금빛 황홀경에 감싸이고 담가져 있음을 느꼈습니다. 내게 기대어 고개를 숙이고 있던 알리사가 앉았습니다. 그녀는 자신의 드레스의 상의에서 얇은 종이로 싸인 작은 상자를 꺼내어, 마치 나에게 주려는 듯 했다가 멈추고, 망설이는 것처럼 보였습니다. 내가 놀라서 그녀를 바라보자 그녀가 말했습니다.

"들어봐, 제롬."

그녀가 말했습니다.

"이건 내가 여기 가지고 있는 자수정 십자가야. 지난 3일 동안 이걸 여기 가져왔어. 오랫동안 너에게 주고 싶었거든."

"그걸 가지고 어떻게 하라고?"

내가 그녀에게 다소 퉁명스럽게 물었습니다.

"너의 딸을 위해 나를 기억할 수 있게 간직해."

"어떤 딸?"

나는 알리사를 바라보며 이해하지 못하고 소리쳤습니다.

"제발, 차분하게 내 말을 들어줘. 아니, 그렇게 나를 쳐다보지는 마. 제발 나를 그렇게 쳐다보지 말라고. 너에게 말하는 것이 벌써부터 나에게는 충분히 고통스러운 일이야. 하지만 나는 이것을 반드시 말해야 할 것 같아. 들어줘, 제롬, 언젠가 너는 결혼을 하겠지? 아니, 대답하지는 마. 내가 하는 말을 막지 말고, 제발. 내가 너를 매우 사랑했다는 것을 기억해 주기를 바랄 뿐이야. 그리고

… 오래전 … 3년 전부터, 나는 네 딸이 언젠가 네가 좋아했던 이 작은 십자가를 나를 기억하기 위해서 목에 걸게 될 거라고 생각해 왔어. 아! 그것이 누구의 것인지는 모르면서도 … 아마도, 너는 네 딸에게 … 나의 이름을 붙여줄 수도 있을 거라고……"

그녀는 목소리가 메워졌는지 말을 멈추었습니다. 나는 거의 적대감으로 소리쳤습니다.

"왜, 직접 주지 그래?"

그녀는 다시 말하려고 했습니다. 그녀의 입술은 흐느끼는 아이처럼 떨리고 있었지만, 울지는 않았습니다. 그녀의 눈에서 비치는 특별한 빛이 그녀의 얼굴에 초자연적이고 천사 같은 아름다움으로 가득 차게 했습니다.

"알리사! 내가 누구와 결혼해야 하지? 나는 너 외에는 어느 누구와도 사랑할 수 없다는 걸 알잖아……"

그리고 갑자기 그녀를 미친 듯이, 거의 잔인하게 내 팔로 끌어안고 그녀의 입술에 키스를 쏟아 부었습니다. 순간, 나는 그녀가 저항하지 않는다는 것을 느꼈고, 그녀는 나에게 반쯤 기대어 누워 있었습니다. 그녀의 눈빛이 희미해지는 것을 보았습니다. 그러더니 그녀는 눈을 스르르 감았습니다. 그녀가 내 마음에 어떤 유일무이한 목소리로 매우 진실한 멜로디처럼 들리게 말했습니다,

"우리 두 사람을 불쌍히 여겨, 제롬! 오! 제발 우리의 사랑을 망치지 말아줘."

아마도 그녀는 또한 이렇게 말했을 것입니다.

'겁쟁이처럼 굴지 마!'

또는 아마도 그것은 내가 나 자신에게 말했던 것일 수도 있습니다. 지금은 알 수 없습니다. 하지만 갑자기 그녀 앞에 무릎을 꿇고, 경건하게 그녀를 감싸 안았습니다.

"만약 네가 나를 그렇게 사랑했다면, 왜 항상 나를 밀어내려고만 했지? 잘 들어봐! 나는 먼저 줄리엣이 결혼하기를 기다렸어. 네가 줄리엣이 행복해지기를 기다리는 것도 이해했어. 물론, 지금 줄리엣은 행복해. 너도 그렇게 말했잖아. 나는 오랫동안 네가 외삼촌을 떠나고 싶어 하지 않는다고 생각했어. 그러나 이제 우리는 둘 다 혼자야."

"오! 과거를 너무 안타깝게 생각하지는 마."

그녀가 중얼거렸습니다.

"나는 이미 과거는 넘겨버렸으니까."

"아직 시간은 있어, 알리사."

"아니, 제롬, 시간이 없어. 우리의 사랑이 서로를 위해 사랑보다 더 나은 것을 예견하게 만든 순간부터는 더 이상 시간이 없었어. 네 덕분에, 제롬, 내 꿈은 너무 높이 올라갔기 때문에 어떤 세속적인 만족도 나를 전락시킬 수 없어. 나는 종종 우리가 서로 함께했던 삶이 어땠을까 생각해 보았어. 우리의 사랑이 더 이상 완벽하지 않은 순간이 오면 나는 … 우리의 사랑을 지탱할 수 없을 것 같았어."

"서로 없던 우리의 삶이 어땠을지 깊이 생각해 본 적이 있어?"

“아니! 결코.”

“이제 너도 알겠지! 지난 3년 동안, 너 없이 나는 끔찍하게 떠돌고 있었어…….”

저녁이 저물어가고 있었습니다.

“추워.”

그녀가 일어나면서 말했습니다. 나로 하여금 그녀의 팔을 다시 감싸줄 수 없게 숄을 아주 꽉 감쌌습니다.

“우리를 그렇게 괴롭혔던, 우리가 제대로 이해하지 못할까봐 두려웠던 성경 구절 기억나?”

‘이 사람들이 다 믿음으로 말미암아 증거를 받았으나 약속을 받지 못하였으니 이는 하나님이 우리를 위하여 더 좋은 것을 예비하셨은즉 우리가 아니면 저희로 온전함을 이루지 못하게 하려 하심이니라.’*

“아직도 그 말씀을 믿고 있어?”

“물론 믿어야 해.”

우리는 잠시 동안 서로 옆에서 더 이상 아무 말 없이 걸었습니다. 그녀가 계속 말했습니다.

“그걸 생각할 수 있니, 제롬? ‘더 나은 무언가!’”

그리고 그녀가 다시 한 번 ‘더 나은 무언가!’라고 반복하자 갑자기 눈물이 흐르기 시작했습니다. 우리는 그녀가 조금 전에 나

---

* 히브리서 11장 39~40절

왔던 작은 채소밭 문에 다시 도착했습니다. 그녀는 나를 향해 돌아섰습니다.

"잘 가!"

그녀가 말했습니다.

"아니, 더는 오지 마. 잘 가, 나의 사랑하는 제롬. 이제 …… 더 나은 일이 시작되는 건 지금부터야."

어느 순간 그녀는 나를 바라보며 나를 꼭 잡고 있으면서도 약간의 거리를 두었습니다. 그녀의 손은 내 어깨에 올려져 있었고, 그녀의 눈에는 말로 표현할 수 없는 사랑이 가득 차 있었습니다.

문이 닫히자마자, 그녀 뒤에서 빗장이 걸리는 소리를 듣고는 나는 문에 기대며 극도의 절망에 사로잡혀 오랫동안 밤새 울고 흐느꼈습니다.

하지만 그녀를 붙들고 싶었고, 문을 열어야 했으며, 어떤 방법으로든 그 집에-그 집이 내가 들어가지 못하게 닫혀져 있지는 않을 텐데-들어가야 했습니다. 아니, 과거를 다시 되살리기 위해 옛날로 돌아가는 오늘에 와서도 역시, 아니었습니다. 그런 것은 나에게는 불가능했습니다. 그리고 여기서 지금의 나를 이해하지 못하는 사람은 지금까지의 과거의 나에 대해서도 아무것도 이해하지 못할 것입니다.

견딜 수 없는 불안감이 나로 하여금 며칠 후 줄리엣에게 편지를 쓰게 했습니다. 나는 퐁그즈마르를 방문한 일과 알리사의 창

백함과 마른 모습이 나를 얼마나 놀라게 했는지를 그녀에게 이야
기했습니다. 나는 줄리엣에게 무엇을 할 수 있을지 알아봐 줄 것
을 간곡히 부탁하며, 더 이상 알리사에게서 기대할 수 없는 소식
을 전해 줄 것을 부탁했습니다.

한 달도 채 지나지 않아, 나는 다음과 같은 답장을 받았습
니다.

사랑하는 제롬,

매우 슬픈 소식을 전합니다. 우리의 불쌍한 알리사 언니는 이제
더 이상 이 세상에 존재하지 않아요. 아아! 오빠의 편지에서 표현한
걱정은 너무나도 잘 맞았어요. 지난 몇 달 동안, 정확히 아프지는
않았지만, 언니는 점점 더 쇠약해지는 것 같았어요. 하지만 언니는
내 부탁에 못 이겨 A 박사를 만나기로 동의했어요. A 박사는 나에게
쓴 편지에는 언니에게는 심각한 문제가 없다고 했어요.

하지만 오빠가 알리사 언니를 방문한 후 3일 만에, 언니는 갑자
기 퐁그즈마르를 떠났어요. 언니가 떠났다는 것은 로베르의 편지를
통해 알게 되었어요. 언니는 나에게 거의 편지를 쓰지 않기 때문에
로베르가 아니라면 나는 언니가 떠났다는 사실에 대해 아무것도 모
르고 있었을 거예요. 언니의 소식이 없다고 해서 그리 걱정하지는
않았을 테니까요. 나는 로베르를 언니가 그렇게 내보낸 것과 파리
까지 함께 동행하지 않은 것에 대해 심하게 나무랐어요. 오빠는 믿
겠어요? 그 순간부터 우리는 언니의 주소를 알지 못했어요. 오빠는

내가 느꼈던 속이 메스꺼운 불안을 상상할 수 있을 거예요. 언니를 볼 수 없었고, 언니에게 편지를 쓰는 것도 불가능했어요.

로베르가 며칠 뒤에 파리에 갔던 것은 사실이지만, 그는 아무것도 알아내지 못했어요. 로베르는 너무 굼떠서 적절한 조치를 취할 것이라고 믿을 수가 없었어요. 우리는 바로 경찰에 신고해야 했어요. 그렇게 잔인한 불확실한 상태로 남아 있는 것은 너무나 고통스러웠거든요. 이후에 에두아르가 직접 갔고 마침내 언니가 피신했던 작은 요양원을 찾아냈어요.

그렇지만, 안타깝게도! 너무 늦어버렸어요. 나는 요양원으로부터 언니의 죽음을 알리는 편지를 받았고, 동시에 다시 언니를 볼 시간이 없었던 에두아르의 전보도 받았어요. 언니는 마지막 날 우리 주소를 봉투에 적어서 우리에게 알려주기를 바랐고, 또 다른 봉투에는 언니가 르아브르의 변호사에게 보낸 편지의 사본을 넣어 마지막 유서를 담았어요. 이 편지에는 오빠와 관련된 어떤 문구가 있다고 생각하는데, 곧 알려줄게요.

에두아르와 로베르가 그저께 진행된 장례식에 참석할 수 있었어요. 에두아르와 로베르가 유일한 추모자는 아니었어요. 요양원에 있는 환자들 중 일부가 그 의식에 참석하고 시신을 묘지까지 동행하고 싶어 했어요. 나는 지금 다섯째 아이를 언제 낳을지 모르기 때문에 안타깝게도 움직일 수가 없었어요.

사랑하는 제롬 오빠, 이 상실이 오빠에게 얼마나 깊은 슬픔을 안길지 나는 잘 알고 있어요. 부서지는 마음으로 오빠에게 편지를 씁니다. 나는 지난 이틀 동안 침대에 누워 있어야 했고, 글 쓰는 것이 힘들지만, 우리는 둘 다 세상에서 오직 두 사람만이 알았던 언니에 대해 다른 누구도, 에두아르나 로베르조차 오빠에게 말하게 할 수는 없었어요. 이제 나는 거의 노모인 가족의 일원이 되었고, 타오르는 과거가 잿더미로 덮여 있기에, 다시 오빠를 만날 수 있기를 바랄게요. 일이든 즐거움이든 오빠가 님므로 가게 된다면, 애그비브로 와주세요. 에두아르는 오빠를 알게 되어 기뻐할 것이고, 오빠와 나는 언니에 대해 함께 이야기할 수 있을 거예요. 안녕히 계세요, 사랑하는 제롬 오빠.

애정 어린 슬픔으로 당신의……

　며칠 후, 나는 알리사가 퐁그즈마르의 집을 그녀의 남동생인 로베르에게 남겼다는 것을 알게 되었지만, 그녀의 방에 있던 모든 것과 그녀가 언급한 몇 가지 가구가 줄리엣에게 보내지기를 부탁했다는 것을 알았습니다. 나는 곧 그녀가 나에게 보내준 봉인된 꾸러미에 들어있는 몇 가지 서류를 받을 예정이었습니다. 또한, 그녀가 내가 지난 번 방문 때 내가 거절했던 작은 자수정 십자가 목걸이가 그녀의 목에 걸어달라는 부탁했다는 것을 알게 되었고, 그 부탁이 이루어졌다는 것은 에두아르로부터 들었습니다.

　변호사가 나에게 보낸 봉인된 꾸러미에는 알리사의 일기가 들어 있었습니다. 나는 그 일기의 상당 부분을 여기에 옮겨 적도록 하겠습니다. 아무런 논평도 없이 옮겨 적겠습니다. 알리사의 일기를 읽으면서 내가 했던 생각과 너무 불완전한 생각일 뿐인 내 마음속의 혼란을 충분히 상상할 수 있을 것입니다.

를 읽으면서 내가 했던 생각과 너무 불완전한 생각일 뿐인 내 마음속의 혼란을 충분히 상상할 수 있을 것입니다.

알리사의 일기

애그비브에서

엊그저께 르아브르를 떠났고, 어제 님므에 도착했다. 나의 첫 여행이다! 집안일도 없고 요리도 신경 쓰지 않아도 되는 느긋한 기분이 드는 오늘 188×년 5월 23일, 내 스물다섯 번째 생일을 맞아 이 일기를 쓰기 시작한다—큰 기쁨 없이, 일부의 벗을 위해서. 어쩌면 내 인생에서 처음으로 외로움을 느끼고 있기 때문이다—거의 외국처럼 낯선 땅에서, 아직 친숙해지지 못한 곳이다. 이곳은, 의심할 여지없이, 내가 노르망디에서 듣는 것과 같은 이야기를 나에게 할 것이며—내가 퐁그즈마르에서 피곤한 줄 모르고 듣던 바로 그 이야기이다—하나님은 어디서든지 다르지 않기 때문이다. 하지만 이 남부의 땅은 내가 아직 들어보지 못한 언어로 말하고 있으며, 나는 궁금해 하며 듣고 있다.

5월 24일

줄리엣은 내 옆에 있는 나와 가장 가까운 소파에서 졸고 있다. 이 집의 주된 매력인 이탈리아 스타일로 지어진 개방된 정원의 연속인 자갈이 깔린 안뜰과 엇비슷한 높이의 갤러리에서. 소파에서 일어나지 않고도 줄리엣은 물가로 기울어져 내려가는 잔디밭을 볼 수가 있다. 그곳에서는 다양한 빛깔의 오리들이 뛰놀고 있으며, 두 마리의 백조가 헤엄치고 있는 연못이 있다. 사람들은 어떤 여름날의 더위 속에서도 결코 마르지 않는 샘이 이 연못에 물을 공급하고, 그 샘은 정원을 통해 흐르며 점점 더 넉넉해지는 야생의 숲으로 이어진다. 한쪽은 마른 폭포의 바닥에 의해, 다른 쪽은 포도밭에 의해 더욱더 좁혀지며, 결국 서로 사이에서 완전히 사라지고 만다.

에두아르 테시에르 씨가 어제 아버지에게 정원, 농장, 지하실, 포도원을 보여주었고, 나는 줄리엣과 함께 남아 있었으므로 오늘 아침, 아직 매우 이른 시간에 나 혼자서 공원을 탐색하는 첫 번째 여행을 할 수 있었다. 많은 식물과 신기한 나무들이 있는데, 그들의 이름을 알고 싶었다. 나는 점심시간에 그것들이 무엇인지를 알 수 있도록 각 나무에서 가지를 땄다. 그 중 일부는 제롬이 빌라 보르게세*나 도리아-팜필리** 정원에서 감탄했던 상록 떡갈나무임을 알았다. 우리가 사는 북프랑스의 나무와 종류는 같은데 그렇게 다르

---

* 이탈리아 로마 중심부에 있는 공원으로 이탈리아에서 바티칸 박물관 다음으로 소장품이 많은 보르게세 미술관이 위치해 있음
** 이탈리아 로마에 있는 미술관으로 도리아 팜필리 가문의 사립 미술관

니! 그 떡갈나무들은 공원의 가장 끝자락에는 좁고 신비로운 공터에 둘러싸여 있었다. 부드러운 풀밭 위에 늘어져 있어서, 이는 마치 요정들의 합창단을 초대하는 듯 했다. 내가 퐁그즈마르에 있을 때는 자연에 대한 나의 감정이 이렇게도 깊이 기독교적임에도 불구하고, 여기에서는 내가 의도치 않게 반⚓ 이교적으로 변할까봐 두려워졌다. 그러나 나를 점점 더 압박하는 그 두려움과 같은 느낌도 또한 종교적인 것이었다. 나는 이렇게 속삭였다. 'hic nemus*'. 공기는 수정처럼 깨끗했고, 이상한 침묵이 흐르고 있었다. 나는 오르페우스**라든지 아르미다***에 대한 생각을 하고 있었는데, 갑자기 한 마리의 외로운 새의 노래 소리가 들려왔다. 내 곁에서, 애처롭고, 순수하게 들리는 그 소리는 마치 모든 자연이 그 소리를 기다리고 있었다는 듯이 느껴졌다. 내 심장은 격렬하게 뛰었고, 잠깐 나무에 기대며 멈춰 섰다가, 아무도 일어나기 전에 집으로 들어갔다.

5월 26일

여전히 제롬에게서 편지를 받지 못했다. 만약 제롬이 르아브르로 나에게 편지를 보냈다고 하더라도, 그 편지는 나에게 전달되었을 텐데…… . 나는 이 일기 말고는 아무에게도 내 불안을 털어놓을 수

---

* 여기에 있는 것은 성스러운 숲이니
** 그리스 신화에 나오는 음유시인, 리라의 명수
*** 이탈리아 르네상스 후기 시인 토르콰토 타소(Torquato Tasso)가 창조한 사라센 마법사의 허구적 캐릭터

가 없다. 지난 3일 동안 나는 어제 레 보*에서의 소풍, 읽기, 기도 등 어떤 것에도 전혀 방해받지 않고 이 일기에 몰두해 왔다. 오늘 나는 이 외에는 아무것도 쓸 수가 없다. 내가 애그비브에 도착한 이후로 계속 겪어온 호기심 어린 우울감은 어쩌면 다른 원인이 없을 수도 있다. 그러나 지금 내 마음속 깊은 곳에서 느끼는 이 감정은 내가 정말로 오랜 시간 동안 가져온 것 같은 느낌이다. 그리고 내가 자부심을 느꼈던 기쁨이라는 것도 다만 이 우울감을 숨기고 있었을 뿐이다.

5월 27일

왜 스스로에게 거짓말을 해야 할까? 나는 내 머리의 노력으로 줄리엣의 행복을 기뻐한다. 내가 그렇게도 간절히 원했던 그 행복은, 나 자신의 행복을 희생하겠다고 했던 만큼, 이제 줄리엣이 어려움 없이 행복을 얻었고, 그 행복이 줄리엣과 내가 상상했던 것과는 매우 다르다는 것을 보니 가슴 아프게 느껴진다. 모든 것이 얼마나 복잡하게 얽혀있는지! 그래 … 나는 충분히 깨달았다. 줄리엣이 내 희생이 아닌 다른 곳에서 행복을 찾았다는 사실에 상처받고 있다는 것을-그녀가 행복하기 위해 내 희생이 필요하지 않았다는 것이 내 마음에 상처를 준다는 내 안에서의 끔찍한 이기주의의 부활을 잘 알 수 있었다.

---

* 절벽 꼭대기에 펼쳐진 폐허와 사방이 탁 트인 전망을 자랑하는 도시

그리고 이제 나는 제롬의 침묵이 나에게 가져다주는 불안감을 느끼며 스스로에게 질문한다.

'그 희생이 정말로 내 마음 속에서 완성되었는가?'

하나님이 이제는 더 이상 그런 희생을 내게 요구하지 않으신다는 사실을 느끼며 나는 마치 굴욕감을 느낀다. 내가 그런 희생을 감당할 수 없었던 것일까?

5월 28일

내 슬픔을 이렇게 분석하는 것이 얼마나 위험한가! 나는 이미 이 일기장에 애착을 느끼고 있다. 내가 제어할 수 있다고 생각했던 개인적 허영이 여기에서 다시 자기의 권리를 주장하고 있는 것일까? 아니다. 내 영혼이 이 일기를 스스로를 가꿀 수 있는 아부의 거울로 사용하지 않기를! 처음에는 아무 일도 하지 않기에 글을 쓴다고 생각했지만, 사실은 슬픔에서 비롯된 것이다. 슬픔은 내가 더 이상 소유하고 싶지 않은 죄의 상태이며, 나는 그것을 싫어하고, 내 영혼이 이 복잡함에서 벗어나 자유롭기를 바란다. 이 일기는 내가 다시 나 자신 안에서 행복을 찾도록 도와야 한다.

슬픔은 복잡한 감정이다. 나는 예전에는 내 행복을 분석하는 일이 없었다.

퐁그즈마르에서는 나는 혼자였고, 더욱 외로웠다. 왜 그런 기분이 들지 않았을까? 그리고 제롬이 이탈리아에서 나에게 편지를 쓸 때, 나는 그가 나 없이도 볼 수 있기를, 나 없이도 살 수 있기를 바랐다. 나는 그의 생각을 따라갔고, 그의 기쁨 속에서 나의 기쁨을 찾았었다. 그리고 이제, 나의 의도와는 상관없이, 나는 지금 그를 원하고 있다. 그가 없으면 내가 보는 새로운 모든 것들이 나를 짜증나게 한다.

6월 10일

이 일기는 거의 시작한지도 얼마 안 되었는데, 긴 중단이 있었다. 귀여운 리즈의 탄생 때문이다. 줄리엣 곁에서 오랜 시간을 지켜보았다. 나는 제롬에게 쓸 수 있는 것을 여기에 쓰는 것에 아무런 즐거움도 느끼지 않는다. 너무 많은 수다는 많은 여성들에게 공통되는 참기 힘든 결점이기 때문에 피하고 싶다. 이 일기를 자기완성의 수단으로 여기자.

그녀의 독서 과정에서 적어 둔 몇 페이지의 기록, 발췌 등이 이어졌습니다. 그리고는 다시, 퐁그즈마르에서의 날짜가 적혀 있었습니다.

7월 16일

줄리엣은 행복하다. 그녀는 그렇게 말하고, 그렇게 보인다. 나는 그것을 의심할 권리도, 이유도 없다. 그녀와 함께 있을 때 나에게 느껴지는 이러한 불만과 불편함은 어디서 오는 것일까? 아마도 그러한 행복이 너무 실용적이고, 쉽게 얻을 수 있으며, 너무 '자로

잰 듯' 완벽하게 영혼을 구속하고 억압하는 듯한 느낌 때문일 것이
다…….

그리고 나는 지금 나 자신에게 묻는다. 내가 정말로 바라는 것이
행복인지, 아니면 행복을 향한 진전인지. 오 주여! 내가 너무 쉽게
이룰 수 있는 행복으로부터 나를 지켜주소서! 나에게 행복을 미루
는 법을 가르쳐 주시고, 그것을 주님이 계신 곳만큼 멀리 두게 해주
소서.

여기 몇 페이지가 찢어져 있었습니다. 그것들은 의심할 여지없
이 우리가 르아브르에서 겪었던 고통스러운 만남을 언급하고 있
었습니다. 일기는 다음 해에 가서야 다시 시작되었고, 페이지에는
날짜가 없었지만, 분명히 내가 퐁그즈마르에서 지내던 당시에 작
성되었던 것이었습니다.

××월 ××일

가끔 그가 이야기하는 것을 들으면서, 나는 마치 내가 생각하는
모습을 내가 지켜보고 있는 것 같은 기분이 든다. 그는 나를 설명하
고, 나에게 나를 발견하게 해 준다. 그가 없이도 내가 존재해야 할
까? 나는 그와 함께할 때만 존재한다.

…… 가끔 내가 그에게 느끼는 감정이 진정으로 사람들이 사랑이
라고 부르는 것인지 망설여지기도 한다—사랑에 대해 일반적으로
그려지는 그림은 내가 그리고 싶은 그림과 너무 다르다. 나는 그에

대해 아무것도 말하지 않고 그를 사랑하고 싶다. 나는 무엇보다 그가 모른 채 그를 사랑하고 싶다.

나는 이제 그 없이는 살아야 하는 삶의 그 부분에서 어떤 기쁨도 느끼지 못한다. 나의 미덕은 오직 그를 기쁘게 하기 위한 것뿐이다-그리고 그와 함께 있을 때, 나는 나의 미덕이 약하게 흔들리는 것을 느낀다.

××월 ××일

나는 피아노 배우는 것을 좋아했었다. 왜냐하면 매일 조금씩 발전하고 있다는 느낌을 받았기 때문이다. 아마도 이것이 외국어로 된 '책'을 읽는 것에서 느끼는 즐거움의 비결일지도 모르겠다. 사실, 내가 우리말보다 다른 어떤 언어를 더 선호하거나, 내가 존경하는 작가들이 다른 나라 작가들보다 열등하다고 생각하지는 않지만, 그들의 의미와 감정을 추구하는 데 있는 약간의 어려움, 이러한 어려움을 극복하는 성취감, 그리고 점점 더 성공적으로 극복하는 것에서 오는 무의식적인 자부심이 나의 지적 즐거움에 어떤 영적 만족감을 더해 준다. 나는 이러한 영적 만족감 없이는 지낼 수 없다고 생각한다.

아무리 행복하더라도, 나는 발전이 없는 상태를 원하지는 않는다. 나는 신성한 기쁨을 하나님 안에서의 융합이 아니라, 그분에게 끊임없이 다가가는 무한한 것으로 상상한다. …… 만약 내가 언어의 유희를 두렵지 않게 생각한다면, 나는 '진보' 없는 어떤 기쁨도 경멸한다고 말할 것이다.

××월 ××일

오늘 아침 우리는 거리의 벤치에 앉아 있었다. 우리는 이야기를 나누지 않았고, 이야기를 할 필요도 느끼지 않았죠. …… 갑자기 그가 나에게 내세를 믿느냐고 물었다.

"물론, 제롬!"

내가 즉시 크게 말했다.

"내세 그것은 희망 이상이야, 그것은 확신이지."

그리고 갑자기 나의 모든 믿음이 그 외침에 쏟아져 나온 것처럼 느껴졌다.

"알고 싶은 것은"

그가 덧붙였다. 그는 잠시 멈췄다가 이어서 말했다.

"너에게 믿음의 신앙심이 없다면, 너는 다르게 행동할까?"

"그걸 어떻게 알겠어?"

내가 대답했다. 그리고 덧붙였다.

"그리고 제롬, 사랑하는 제롬, 너 스스로도, 원치 않더라도 더 이상 생생한 신앙심에 의해 영감을 받은 것처럼 다르게 행동할 수는 없을 거야. 그리고 만약 네가 달라진다면, 나는 너를 사랑하지 않을 거야."

"아니야, 제롬, 아니야, 우리의 미덕이 노력하는 것은 미래의 보상 때문이 아니야. 우리의 사랑이 찾고 있는 것도 보상이 아니야. 착하게 태어난 영혼은 자신의 노력에 대한 보상이 있다는 생각에 상처받아. 또한 미덕을 장식으로 여기지 않는다고. 아니, 미덕은 그런 영혼이 지니는 아름다움의 형태야."

××월 ××일

아버지는 다시 그렇게 좋지 않으시다. 심각한 것은 아니길 바라지만, 그는 지난 3일 동안 다시 우유 식단으로 돌아갈 수밖에 없었다.

어제 저녁, 제롬은 방으로 올라갔고, 아버지는 나와 조금 앉아 계셨다가 몇 분 동안 나를 혼자 두고 나가셨다. 나는 소파에 앉아 있었고, 아니면-내가 거의 하지 않는 일인데-누워 있었다. 이유는 잘 모르겠다. 램프의 그늘이 내 눈과 몸의 윗부분을 빛으로부터 가리고 있었다. 나는 기계적으로 내 발을 바라보고 있었고, 그것은 램프에 비친 빛에 의해 내 드레스에서 조금 드러나 있었다. 아버지가 다시 들어왔을 때, 그는 몇 분 동안 문 옆에 서서 나를 이상하게 바라보고 있었고, 반 웃음, 반 슬픈 모습이었다. 내가 모호한 수줍음을 느끼며 일어나자 아버지가 나를 불렀다.

"내 옆에 와서 앉아."

아버지가 말했다. 이미 늦은 시간이었지만 아버지는 그들의 이별 이후로 한 번도 이야기하지 않았던 나의 어머니에 대해 이야기하기 시작했다. 아버지는 어떻게 어머니와 결혼했는지, 얼마나 어머니를 사랑했는지, 그리고 어머니가 처음에 아버지에게 얼마나 큰 존재였는지를 말했다.

"아버지!"

나는 결국 말을 꺼냈다.

"제발, 오늘 저녁에 왜 이런 이야기를 하고 있는지, 왜 하필 오늘 저녁에 나에게 이 이야기를 하고 있는지 말 해 주세요."

"왜냐하면, 방금 내가 응접실에 들어가서 네가 소파에 누워 있는 모습을 봤을 때, 잠시 네 어머니인 줄 알았거든."

내가 이렇게 집요하게 물었던 이유는 그날 저녁 제롬이 내 어깨 너머로 몸을 굽혀 책을 읽고 있었고, 나에게 기대서 서 있었기 때문이다. 나는 그를 볼 수는 없었지만 그의 숨결과 마치 그의 몸의 따뜻함과 맥박을 느낄 수 있었다. 나는 책을 읽는 척했지만 내 머리는 멈춰버렸고, 글줄을 구별할 수도 없었다. 나를 사로잡은 이상한 불안감 때문에 빨리 의자에서 일어나야 했다. 다행히 그가 아무것도 눈치 채지 못한 채로 방을 몇 분간 나와 있을 수 있었다. 하지만 얼마 후, 내가 응접실에 혼자 있고 아버지가 내가 엄마를 닮았다고 생각하는 소파에 누웠을 때, 그때 나는 어머니에 대한 추억을 떠올리고 있었다.

나는 어젯밤 정말 불면증에 시달렸다. 과거의 회상이 내게 다가오면서 죄책감이 파도처럼 나에게 밀려와 나를 괴롭혔고, 짓눌리는 압박을 받고, 비참해졌기 때문이다. 주님, 모든 악의 모습이 있는 모든 것에 대한 공포를 저에게 가르쳐 주십시오.

불쌍한 제롬! 만약 그가 가끔 단 하나의 신호만 보이면 된다는 것을 알았다면, 그리고 때때로 내가 그 신호를 기다리고 있다는 것을 그가 안다면…….

내가 어렸을 때, 제롬 때문만이라도 나는 아름다워지고 싶었다. 이제 돌이켜보면, 나는 그를 위해서만 완벽함을 추구했던 것 같다. 그리고 이 완벽함은 그가 없이만 이루어질 수 있다는 사실은, 나의 하나님! 당신의 가르침 중 가장 내 영혼을 어리둥절하게 만드는 것입니다.

××월 ××일

사랑과 미덕이 하나인 그 영혼은 얼마나 행복할까! 때때로 나는 사랑 외에 다른 미덕이 존재하는지 의문을 가지기도 한다……. 가능한 한 계속해서 더 사랑하는 것…… 그러나 다른 때에는, 아아! 미덕은 나에게 사랑에 대한 저항에 불과한 것처럼 보인다. 이럴 수 있을까! 내 마음의 가장 자연스러운 '경향성'을 미덕이라고 부를 수 있을까? 오, 유혹하는 궤변! 보기 좋은 유혹! 행복의 교활한 신기루!

××월 ××일

오늘 아침 나는 라브뤼예르*의 책에서 다음과 같은 구절을 읽었다.

　'삶의 과정에서 때때로 너무 소중한 즐거움과 너무 흐뭇한 약

---

* 1645~1696, 프랑스의 윤리 사상가·풍자 작가

속을 만나게 되는데, 이들이 우리에게 금지되어 있다는 것은, 적어도 그것들이 허용되기를 바라는 것이 당연합니다. 이러한 큰 매력은 오직 미덕의 힘으로 그것들을 포기할 줄 아는 매력에 의해서만 극복될 수 있습니다.'

왜 내가 이 구절에서 금지된 것이 있다고 상상했을까? 사랑보다 더 강한 매력과 더 큰 달콤함에 비밀스럽게 끌리고 있는 것일까? 아! 우리의 영혼이 사랑의 힘으로 함께 나아갈 수 있다면, 사랑을 넘어서는 것이 가능하다면 좋으련만!

아, 슬프게도 이제 나는 하나님과 제롬 사이에는 나 자신 외에 다른 장애물이 없다는 것을 너무나도 잘 깨닫게 되었다. 그가 말한 대로 처음에 나에 대한 사랑이 그를 하나님께 이끌었다면, 이제 그 사랑이 그를 방해하고 있다. 그는 나와 함께 머물고, 나를 더 좋아하며, 나는 더 이상 그를 미덕으로 나아가지 못하도록 그를 가로막는 우상이 되어버렸다. 우리 두 사람 중 한 명은 반드시 그에 도달해야 한다. 그리고 내가 나의 비겁한 마음에서 사랑을 극복할 수 없다는 절망 속에서, 나의 하나님! 그가 더 이상 나를 사랑하지 않도록 가르칠 수 있는 힘을 주시기를 부탁드립니다. 그렇게 해서 내 공덕을 희생하고 그의 공덕을 당신께 가져올 수 있도록 해 주시기를……. 그리고 오늘 내가 그를 잃는 슬픔에 눈물 흘리지만, 내가 그를 잃음으로써 미래에 당신 안에서 다시 그를 찾으려 함이 아니오니까?

오, 주여! 말씀하여 주옵소서. 어떤 영혼들이 제롬의 영혼보다 당신에게 더 값을 한 영혼이 있을까요? 그가 나를 사랑하기 위해 태어났던 것보다 더 나은 무언가를 위해 태어나지 않았나요? 그가 나에게서 멈춘다면, 나는 그를 많이 사랑할 수 있겠지요? 행복 속에서 아무리 영웅적인 것이라도 그 모든 것이 얼마나 위축되어 사라지는지!

일요일

'하나님이 우리를 위해 더 나은 것을 예비해 두셨느니라.'[*]

5월 3일 월요일

행복이 여기 있고, 아주 가까이서 그 자체를 내밀고 있으니……, 그것을 잡기 위해 손을 내밀기만 하면 된다고 생각하는 것은…….

오늘 아침, 나는 그와 이야기를 나누면서 희생을 마칠 수 있었다.

월요일 저녁

그는 내일 떠난다. ……

사랑하는 제롬, 나는 여전히 너를 무한한 애정으로 사랑한다. 하지만 이제는 더 이상 그렇게 말을 할 수는 없다. 내가 눈, 입, 영혼에 가하는 제약이 너무나 힘들어서 너를 떠나보낸 다는 것이 해방이자 쓰디 쓴 만족이다.

---

* 히브리서 11장 40절

나는 이성에 따라 행동하려고 노력하지만, 행동의 순간에는 나를 행동하게 만드는 이성이 나를 피하거나 어리석은 것 같이 보인다. 이제 더 이상 그것을 믿지 않게 된다. …

그를 피하게 만드는 이유가 이성 때문일까? 나는 그런 걸 이제는 믿지 않는다. …… 그럼에도 불구하고 나는 그를 떠나고, 왜 그를 떠나는지 알지도 못한다.

주님! 우리가 주님께 나아갈 수 있기를, 제롬과 내가 나란히, 서로 도우며 함께 걷기를 원합니다. 마치 두 순례자처럼, 한 사람이 때때로 다른 사람에게 말합니다.

"지쳐있다면 나에게 기대세요, 형제여!"

그리고 다른 사람은 대답합니다.

"당신이 내 곁에 있다는 것만으로도 충분합니다……."

그러나 아니요! 주님께서 가르치시는 길은 좁은 길입니다–너무너무 좁아서 두 사람이 나란히 걸을 수도 없는 좁은 길이옵니다.

7월 5일

일기장을 열지 않고 6주 이상이 지났다. 지난달, 일기장의 몇몇 페이지를 다시 읽으면서, 나는 잘 쓰고 싶다는 바보 같고 사악한 불안감을 느꼈다. 그것은 '그' 때문이다. 마치 내가 '그'를 잊기 위해서만 시작한 이 일기장에서, 여전히 '그'에게 쓰고 있는 것처럼 느껴졌다.

나는 '잘 쓰여 졌다'고 생각한 모든 페이지를 찢어버렸다(나 자신도 이 말의 의미를 잘 알고 있다.). 나는 그에 관한 질문이 있었던 모든 페이지를 찢어버렸어야 했다. 나는 그것들을 모두 찢어버렸어야 했지만, 그럴 수가 없었다.

그리고 이미, 나는 그 몇 페이지를 찢어버린 것 때문에 약간의 자부심을 느꼈다. 내 마음이 이렇게 아프지 않았다면 웃어버릴 자부심이었다.

나는 정말로 무언가 유익한 일을 한 것 같았고, 내가 뜯어내 버린 그 몇 장이 어떤 중요성이 있었던 것처럼 느껴졌다!

7월 6일

나는 내 서가에서 책들을 추방해야만 했다…….

나는 한 권의 책에서 그를 피하다가 다른 책에서 그를 찾는다. 나는 그가 없는 페이지조차도 그가 읽어주는 목소리를 듣는다. 나는 그가 관심을 가지는 것에만 관심이 있고, 내 마음은 그의 형태로 그렇게까지 변해서, 내가 그들을 하나로 느끼는 것이 즐거웠던 시절처럼 각각을 구별할 수 없다.

가끔 나는 그의 구문 리듬에서 벗어나기 위해 스스로 서툴게 쓰도록 애를 쓴다. 그러나 그와 싸우는 것도 여전히 그와 관계가 있는 것이다. 나는 성경*을 제외하고는 아무것도 읽지 않겠다는 결심을 했고, 일기장에는 매일 저녁 내가 읽은 것 중에서 주요 구절밖에는 적지 않기로 했다.

---

* 어쩌면 〈그리스도를 본받아〉

그 뒤에는 7월 1일부터 시작되는 각 날짜마다 함께 성경 구절이 적힌 일종의 일기가 이어졌습니다. 나는 일부 주석이 덧붙여진 날만을 옮겨 적었습니다.

7월 20일

"네가 가진 모든 것을 팔아 가난한 자에게 주라."*

나는 내 마음이 단지 제롬에게만 속해있음을 알고, 이 마음을 가난한 이들에게 주어야 한다는 것을 알았다. 그렇게 함으로써 그에게도 똑같이 하도록 가르치는 것이 아닐까? … 주님, 나에게 이러한 용기를 허락해 주소서.

7월 24일

나는 《마음의 위안》을 읽기를 중단했다. 고전적인 언어는 나를 매우 매료시켰지만, 그것은 나를 산만하게 했고, 그것이 나에게 주는 거의 이교적인 기쁨은 내가 그것으로부터 얻고자 했던 교훈과는 거리가 멀었다.

나는 다시 《그리스도를 본받아서》를 읽기 시작했지만, 내가 이해했다고 자부하던 라틴어 원서는 아니다. 내가 읽고 있는 번역본은 서명조차 없는 것이어서 마음에 든다. 그것이 맞는 것은 개신교적이지만, 제목에서 말하듯이 <모든 기독교 공동체의 사용에 맞게 조

---

* 누가복음 18장 22절

정됨>이라고 적혀 있다.

"아, 만약 네가 네 자신을 미덕 속으로 향하게 한다면, 얼마나 큰 안식을 스스로 얻을 수 있고, 타인에게 얼마나 큰 기쁨을 줄 수 있는지를 알았다면, 네 영적 발전을 위해 더욱 정진하리라는 것을 단언할 수 있다!"

8월 10일

주여, 만일 내가 어린아이의 충동적인 믿음과 천사들의 초인적인 음성으로 당신께 부르짖는다면…….

이 모든 것이 제롬에게서 오는 것이 아니라 당신에게서 오는 것을 내가 압니다.

그렇다면 왜 당신과 나 사이에 도처에 그의 형상을 세우셨습니까?

8월 14일

내 작업을 완료하기 위한 두 달만 더……. 오, 주님, 저에게 도움을 주소서!

8월 20일

내가 느끼는 것은-내 '슬픔'으로 인해 마음속에서 희생이 완전하게 이루어지지 않았다는 것이다. 나의 하나님, 이제부터는 그가 나에게 주었던 기쁨을 오직 당신에게만 의지하게 해주소서.

8월 28일

내가 이룬 미덕이 얼마나 평범하고 불행한가! 내가 나에게 너무 많은 것을 요구하는 것인가? … 더 이상 고통 받지 않기 위해서. 어떤 비겁함이 나로 하여금 하나님께 그 힘을 계속해서 간구하게 만드는가? 지금 나의 기도는 오직 불평만으로 가득 차 있다.

8월 29일

'들판에 피어 있는 백합을 생각하라 …'*

이 간단한 말씀이 오늘 아침 나를 아무것도 풀 수 없는 슬픔 속으로 빠뜨렸다. 나는 들판으로 나갔고, 내가 계속해서 되풀이하던 이 말들이 내 마음과 두 눈에 눈물이 가득 고이게 했다. 나는 일꾼이 쟁기로 일하고 있는 넓고 빈 들판을 바라보았다. … '들판에 피어 있는 백합 …' 하지만, 주님, 백합은 어디에 있습니까?

9월 16일, 밤 10시

나는 그를 다시 보았다. 그는 한 지붕 아래에 같이 있다. 나는 그의 창문에서 새어나오는 불빛이 풀밭에 비치는 것을 본다. 내가 이 글을 쓰는 동안에도 그는 아직 깨어 있으며, 아마도 그는 나를 생각하고 있을 것이다. 그는 변하지 않았다. 그는 그렇게 말하고 나도 그것을 느낀다. 내가 결심한 대로 그에게 내 모습을 드러낼 수 있을

---

* 마태복음 6장 28절, 누가복음 12장 27절

까? 그의 사랑이 나를 포기하도록…….

9월 24일

아, 내 마음이 고통 받는 가운데서도, 내가 무관심-차가움-을 가장하는 데 끝내 성공한 그 고통스러운 대화……. 지금까지 나는 그를 피하는 것으로 스스로를 만족해왔다. 오늘 아침, 나는 하나님이 나에게 승리할 수 있는 힘을 주실 것이라고 믿을 수 있었다. 끊임없이 싸움에서 도망치고자 하는 것은 스스로가 겁쟁이라는 것을 증명하는 것이었다. 내가 승리했을까? 제롬이 나를 조금 덜 사랑하게 되었을까? 아, 나는 그것을 바라면서도 한편으로는 두려워한다. 나는 지금보다 더 그를 사랑한 적은 없었다.

주님, 만일 그를 내게서 구원하기 위해 내가 내 자신의 멸망을 극복해야 하는 것이 당신의 뜻이라면, 그렇게 하십시오.

'주님, 내 마음과 내 영혼 속으로 들어오소서! 그 속에 들어 있는 나의 고통을 짊어지기 위해 당신의 수난으로도 아직 남아 있는 고통을 감당해나가기 위해.'

우리는 파스칼에 대해 이야기했다……. 내가 뭐라고 했죠? 부끄럽고 어리석은 말? 나는 그것을 말하는 순간에도 고통스러웠지만, 오늘 밤 나는 그것들이 신성을 모독하는 것이라고 회개한다. 나는 다시 한 번 무거운 책인 〈팡세〉*를 뽑아들었고, 저절로 펼쳐진 곳이 바로 로아네 양**에게 보내는 편지의 이 구절이었다.

'우리를 이끌어주는 그를 기꺼이 따를 때는 우리의 유대감을 느끼지 못하지만, 저항하기 시작하고 멀어 떨어져 홀로 걷기 시작할 때, 우리는 정말로 심한 고통을 겪게 된다.'

이 말들은 너무 내 개인적으로 영향을 주어 계속 읽을 힘이 없었지만, 책의 다른 부분을 펼쳤을 때 내가 몰랐던 놀라운 구절을 발견했고, 내가 방금 그것을 베껴두었다.

첫 번째 일기책은 여기서 끝이 났습니다. 다음 책은 분명히 파괴되었을 것입니다. 알리사가 남긴 서류들에 따르면 일기는 3년 후, 즉 퐁그즈마르에서 다시 시작되었습니다. 그 시점은 우리의 마지막 만남이 있기 얼마 전, 즉 9월이었습니다. 그녀의 마지막 일기는 다음과 같은 글로 시작합니다.

9월 17일

주여! 나는 주님을 사랑하는 그가 필요하다는 것을 주님께서는 아십니다.

---

* 프랑스의 사상가 파스칼이 지은 철학 책. 그가 죽은 후에 발견된 단편적인 초고를 모아 1670년에 간행한 것. 인간의 불완전성과 모순성, 위대함과 비참함을 독특한 문체로 표현함
** 파스칼의 애인으로 알려짐

9월 20일

주여, 그를 저에게 주셔서 제가 당신께 제 마음을 드릴 수 있도록 하소서.

주여, 제가 그를 한 번만 더 볼 수 있게 해주소서.

주여, 저는 당신께 제 마음을 드리겠다고 다짐합니다. 제 사랑이 요구하는 것을 허락해 주십시오. 제가 남은 생의 전부를 오직 당신께 드리겠나이다.

주여, 이 비참한 기도를 용서해 주소서. 하지만 저는 그의 이름을 입술에서 지울 수도 없고 제 마음의 고통을 잊을 수도 없습니다.

주여, 제가 당신께 외칩니다. 고통 속에 빠져 있는 저를 버리지 마소서.

9월 21일

'너희가 내 이름으로 내 아버지께 구하는 것은 무엇이든지 내가 시행하리니…….'*

주님, 주님의 이름으로 저는 감히 그렇게 하지 못합니다.

그러나 더 이상 기도를 입에 올리지 않더라도, 내 마음의 열망을 모르시는 건 아니겠지요?

---

* 요한복음 14장 13절

9월 27일

아침부터 마음이 크게 평온해졌다. 지난밤에는 거의 밤새 명상과 기도를 하며 보냈다. 갑자기 나는 어린 시절 성령에 대한 상상처럼 빛나는 광채를 느꼈다. 그것은 나를 감싸고, 내게 내려오는 듯했다. 나는 이 기쁨이 단순히 신경의 흥분 때문일까 두려워 즉시 침대로 가서 잠자리에 들었다. 그러고 나서 이 행복이 나를 떠나버리지 전에 빨리 잠이 들었다. 오늘 아침에도 그 행복이 온전히 내 곁에 있다. 이제 나는 그가 오리라는 확신을 갖게 되었다.

9월 30일

제롬, 나의 사랑! 내가 여전히 동생이라고 부르는 너, 하지만 동생보다 훨씬 더 내가 사랑하는 너……. 나는 얼마나 많은 시간 동안 너의 이름을 너도밤나무 숲에서 외쳤는지! 매일 저녁 황혼이 질 무렵, 나는 채소밭의 작은 문으로 나가서 이미 어두워진 가로수 길을 따라 산책을 한다. 만약 네가 갑자기 나에게 대답한다면, 만약 네가 내가 그렇게 간절히 찾고 있는 돌담 뒤에서 나타난다면, 아니면 내가 멀리서 네가 벤치에 앉아서 나를 기다리는 모습을 본다면, 내 가슴은 놀라서 뛰지는 않을 것이다. …… 아니! 나는 너를 보지 못한 것에 대해 놀라워한다.

10월 1일

아직 아무 소식도 없다. 더할 나위 없이 순수한 하늘로 해가 저물어갔다. 나는 기다리고 있다. 나는 곧 그와 함께 바로 이 벤치에 앉게 될 것임을 알고 있다. 나는 이미 그의 목소리가 들린다. 나는 그가 내 이름을 발음할 때 나는 내 이름이 불리는 것이 매우 기분 좋다. 그는 여기에 앉아 있을 것이다! 나는 그의 손에 내 손을 얹을 것이다. 나는 그의 어깨에 머리를 기댈 것이다. 나는 그의 옆에서 숨을 쉬게 될 것이다. 어제 나는 다시 읽으려고 그의 편지 몇 통을 가져왔지만, 나는 그것들을 읽지 않았다-나는 그에 대한 생각에 너무 몰두했기 때문에 그 편지를 쳐다보지도 않았던 것이다. 나는 그가 좋아했던 자수정 십자가도 가지고 갔고, 나는 그가 떠나고 싶지 않은 한 지나간 어느 여름, 저녁마다 그 목걸이를 걸기로 하곤 했었다. 나는 그에게 이 십자가를 주고 싶다. 지난 오랜 시간 동안 나는 꿈을 꾸었다-그가 결혼했고 나는 그의 첫째 딸인 어린 알리사의 대모가 되어 이 장신구를 주었다……. 왜 감히 그에게 이런 말을 하지 않았을까?

10월 2일

오늘 내 영혼은 하늘에 둥지를 튼 새처럼 가볍고 기쁘다. 오늘 그가 분명히 올 것이다. 나는 느낀다! 나는 알 수 있다! 이를 세상 모든 사람에게 큰소리로 외치며 알리고 싶다. 나는 여기에라도 써야 할 것 같은 기분이다. 나는 더 이상 내 기쁨을 숨길 수 없다. 보통은 내 일에 무관심하고 무심한 로베르조차도 이를 알아차렸다. 로베르의 질문은 나를 당황하게 했고, 나는 무엇이라고 대답해야 할지 몰랐다. 오늘 저녁까지 어떻게 기다릴 수 있을까? ……

내 눈 위에 이상한 투명한 붕대가 얹힌 것 같아 그의 모습이 어디서든 보인다-그의 모습은 확대되어, 모든 사랑의 광선이 내 마음의 어느 한 점에서 집중되고 있다.

오, 이 기다림이 나를 얼마나 지치게 하는가!

주여, 기쁨의 넓은 문을 단 한 순간만이라도 열어 보여주소서!

10월 3일

모든 것이 끝났다. 슬프게도! 그는 그림자처럼 내 품에서 빠져나갔다. 그는 여기에 있었다! 바로 여기에 있었다! 나는 그가 여전히 있었다는 것을 느낀다. 나는 그를 부른다. 내 손과 내 입술은 그를 찾는다. 어둠 속에서 헛되이…….

기도도 할 수 없고 잠도 잘 수 없다. 나는 다시 어두운 정원으로 나갔다. 나는 두려웠다-내 방에서, 집안 곳곳에서-나는 두려웠다. 나의 고뇌는 나를 그가 떠났던 문으로 다시 한 번 데려갔다. 나는 그가 돌아왔을지도 모른다는 어리석은 희망으로 그 문을 열어 보았다. 나는 그를 불러보았다. 나는 어둠 속을 더듬었다. 나는 그에게 편지를 쓰기 위해 다시 들어왔다. 그를 잃었다는 내 슬픔을 받아들일 수가 없다.

무슨 일이 일어났지? 내가 그에게 뭐라고 말했지? 내가 무엇을 했지? 왜 나는 항상 그에게 내 미덕을 과장하고 싶어 하는 걸까? 내 마음이 전적으로 부인하는 미덕은 어떤 가치가 있을까? 나는 주님이 내 입술에 올려놓으신 말씀을 비밀리에 배반하고 있었고, 내 마음이 터질 듯하게 하던 것 중에 그 어느 것도 내 입 밖으로 꺼낼 수가 없었다. 제롬! 제롬, 가까이 있으면 마음이 아프고 떨어져 있으면 죽을 것만 같은 슬픈 친구여, 내가 너에게 방금 말한 것들은 아무것도 믿지 마, 오직 나의 사랑이 한 말들만을 믿어주길…….

내 편지를 찢어버리고, 다시 썼다. … 여기, 여명은 잿빛이고, 눈물로 젖어있으며, 내 생각만큼 슬프다. 나는 농장의 첫 소리를 듣고, 밤에 자고 있던 모든 것이 다시 생명을 얻기 위해 깨어난다……. '이제 일어나라, 때가 다가왔으니…….'*

내 편지는 제롬에게 가지 않을 것이다.

10월 5일

오, 질투의 하나님, 나를 빼앗으신 당신, 이제 내 마음도 거두어가소서. 이제부터 모든 열정도 내 마음에서 사라졌고, 더 이상 아무것도 내 마음을 끌지 못할 것입니다. 그러니 내 자신에게 남아 있는 우울한 잔재들을 이길 수 있도록 도와주소서. 이 집, 이 정원은 나의 사랑을 참을 수 없게 자극합니다. 나는 오직 당신만을 볼 수 있는 곳으로 달아나고 싶습니다.

---

* 마태복음 26장 45~46절

내가 가진 재산을 당신의 가난한 이들에게 분배할 수 있도록 도와주소서. 내가 쉽게 처분할 수 없는 퐁그즈마르를 로베르에게 남겨줄 수 있도록 해주소서. 내가 유언장을 썼다는 것은 사실이지만, 필요한 형식에 대해서는 잘 몰라서 어제 변호사와 제대로 대화할 수 없었다. 변호사가 내가 내린 결정을 의심하고 줄리엣과 로베르에게 경고할까봐 두려웠기 때문이다. 나는 이 일을 파리에서 마무리 지어야겠다.

10월 10일

여기 도착하자마자 너무 피곤해서 처음 이틀 동안은 침대에 누워 있어야 했다. 내 의사를 무시하고 부른 의사는 필요하다고 생각하는 수술에 대해 이야기를 한다. 반대하는 것이 무슨 소용이 있을까? 그러나 나는 수술에 대한 생각에 두려워하고 있으며, '조금 힘을 되찾을 때까지 기다리는 것이 좋겠다.'고 믿게 만드는 것은 쉬운 일이었다.

나는 내 이름과 주소를 숨기는데도 성공했다. 나는 집 관리 측에게 충분한 돈을 맡겨 그들이 나를 받아주고 하나님이 필요하다고 생각하는 한 동안 내가 머무는 데 어려움이 없도록 했다.

나는 이 방이 마음에 든다. 벽은 완벽한 청결 외에는 다른 장식이 필요 없다. 나는 내가 기쁘게 느끼는 것에 대해 매우 놀랐다. 그 이유는 내가 삶에서 더 이상의 것을 기대하지 않기 때문이다. 나는 이제 하나님과 함께 있는 것으로 만족해야 하고, 그분의 사랑은 우리

안의 어떤 공간을 가득 채울 수 있다면 오직 그때만 뛰어난 것을 보여주시기 때문이다…….

내가 가지고 온 유일한 책은 성경이다. 하지만 오늘 내 안에서 찾을 수 있는 어떤 말보다 더 크게 들리는 것은 파스칼의 격렬하고 열정적인 울음소리이다.

'하나님이 아니라면, 그 어떤 것도 내 갈망을 충족시켜 줄 수 없다.'

오! 나의 현명하지 못한 마음이 바라는 너무 인간적인 기쁨이여! … 주여, 당신이 이렇게 나를 절망시키신 것은 나로 하여금 이 외침을 얻게 하기 위함이었습니까?

10월 12일

주의 나라가 임하소서! 내 안에 당신의 다스림이 임하시기를 바랍니다. 이는 당신만이 내게 군림하시고 내 마음을 송두리째 다스리시옵소서. 나는 더 이상 내 마음을 당신에게 바치는 것을 원망하지 않을 것입니다.

나는 마치 많이 늙은 것처럼 피곤하지만, 내 영혼은 이상한 동심을 유지하고 있다. 나는 여전히 방의 모든 것이 깔끔해지고 벗은 옷이 침대 옆에 가지런히 접혀져 있기 전까지는 잠을 잘 수 없었던 그 옛날의 어린 소녀다. … 그것이 내가 죽을 준비를 하고 싶은 방법이기도 하다.

10월 13일

나는 일기를 찢어버리기 전에 다시 읽었다. '고상한 성격의 사람들에게 자신들이 느끼는 불안을 주변에 퍼뜨리는 것은 부적절하다.' 이는, 내가 생각하기에 클로틸드 드 보*가 그렇게도 훌륭하게 말한 것이다.

이 일기를 불 속에 던지려고 하자, 나는 나를 방해하는 일종의 경고를 느꼈다. 나는 이 일기장이 더 이상 내 것이 아니고, 제롬에게서 그것을 박탈할 권리가 없으며, 그를 제외하고는 한 번도 쓴 적이 없는 것처럼 느꼈다. 일기장에 있는 나의 염려와 의심은 이제 너무나 어리석은 것 같아서 더 이상 중요하게 생각할 수도 없고, 제롬이 그 일기장을 읽는다고 해도 그를 동요시키지도 못할 것 같았다. 주여, 나 자신이 도달하기를 갈망했던 미덕의 정상으로 그를 밀어 올리려고 열정적으로 갈망했던 이 마음의 어색한 표현을 그가 때때로 이 일기장에서 포착할 수 있도록 도와주소서.

'주여, 제가 이르지 못한 그 반석 위로 저를 인도하소서.'**

10월 15일

'기쁨, 기쁨, 기쁨, 기쁨의 눈물…'***

인간의 기쁨과 모든 고통을 넘어서, 참으로 나는 그 빛나는 기쁨

---

* 사회학을 창시한 실증주의의 시조인 프랑스의 철학자 오거스트(1798~1857) 콩트의 애인
** 시편 31장 3절
*** 파스칼의 인용

을 예견하고 있다. '내가 도달할 수 없는 그 반석'은 행복의 이름을 지니고 있다. 나는 행복으로 절정에 이르는 경우를 제외하고는 내 인생 전체가 헛된 것임을 잘 알고 있다. … 아! 주님, 그러나 순수하고 포기하는 영혼에 대한 당신의 약속은 이러했습니다. '이제부터 주 안에서 죽는 자는 복이 있도다.'라고 거룩한 말씀을 하셨습니다. 죽음에 이를 때까지 기다려야 합니까? 이것이 제 믿음을 흔들리게 합니다. 주여! 저는 온 힘을 다해 당신께 부르짖고 있습니다. 나는 어둠 속에 있습니다! 나는 새벽을 기다리고 있습니다. 나는 죽을 때까지 울음으로 당신께 부르짖습니다. 오셔서 내 마음의 갈증을 달래주소서. 나는 지금 바로 행복에 목마르고 있사옵니다. …… 아니면 내가 행복을 가지고 있다고 스스로를 설득해야 합니까? 그리고 동이 트기 전에 날이 밝아오는 빛을 알린다기보다는 애타는 마음으로 날 밝기를 노래 부르는 참을성이 없는 새처럼, 저도 밤이 저물어 갈 때까지 기다리지 않고 노래를 불러야 합니까?

10월 16일

제롬, 내가 너에게 완전한 기쁨이 무엇을 의미하는지 가르칠 수 있었으면 좋겠다.

오늘 아침 나는 심한 구토증의 발작으로 온몸이 산산조각이 났다. 그리고 그 후 나는 너무 약해져서 잠시 동안 내가 죽고 싶다는 생각을 했다. 하지만 그렇지 않다. 먼저 모든 내 속에 큰 고요함이 밀려왔다. 그러고는 심한 고통이 나를 휘어잡았고, 전율이 내 육체와 영혼을 사로잡았다. 그것은 마치 내 인생의 갑작스럽고 명확한 계시와도 같았다. 나는 처음으로 내 방의 벽이 끔찍하게 헐벗은 것 같아 보였다. 나는 두려움에 사로잡혔다. 지금도 나는 나 자신을 안심시키고 진정시키기 위해 글을 쓰고 있다. 오 주님! 신성 모독 없이 끝까지 이르기를 바랍니다!

나는 다시 일어날 수 있었다. 나는 어린아이처럼 무릎을 꿇었다…….

나는 내가 혼자라는 것을 다시 깨닫기 전에 지금 빨리 죽고 싶다.

작년에 줄리엣을 다시 만났습니다. 그녀의 마지막 편지에서 알리사 죽음을 알려주었던 그녀의 마지막 편지 이후로 10년 이상의 시간이 흘러갔습니다. 프로방스를 여행하면서 님므에서 잠시 머물 기회를 가졌습니다. 테시에르 가족은 시내의 시끄럽고 중심가에 있는 프세르 대로에 꽤 좋은 집을 차지하고 있습니다. 도착을 알리는 편지를 썼음에도 불구하고, 나는 문턱을 넘을 때 상당한 가슴 설렘을 느꼈습니다.

한 하녀가 나를 응접실로 안내해 주었고, 몇 분 후, 줄리엣이 나를 맞으러 나왔습니다. 나는 플랑티에 이모를 보는 것 같았습니다−같은 걸음걸이, 같은 비만, 같은 숨 막히는 환대. 그녀는 제 대답을 기다리지 않고 즉시 나의 경력, 파리에서의 생활 방식, 직업, 아는 사람들에 대해 질문을 쏟아내기 시작했습니다. 남부에

서의 제 일은 무엇인지? 왜 에두아르가 오빠를 만나면 많이 기뻐
할 텐데, 왜 애그비브로 가보지 않았는지? … 그리고 그녀는 가
족에 대한 소식을 전하며, 남편, 애들, 동생, 지난 해 추수와 불경
기 등에 대해 이야기했습니다. …… 로베르가 애그비브에서 생활
하기 위해 퐁그즈마르를 팔았다는 사실을 알게 되었고, 그는 현
재 에두아르와 동업을 하고 있으며, 그래서 에두아르는 여행할 수
있게 되었고, 특히 사업의 상업적인 측면을 돌볼 수 있게 되었으
며, 로베르는 농지에 남아 플랜테이션을 개선하고 확장한다는 사
실 등을 알게 되었습니다.

그동안 나는 과거를 떠올릴 수 있는 어떤 것을 불안하게 찾고
있었습니다. 나는 사실, 응접실의 다른 새 가구들 속에서 퐁그즈
마르에서 온 특정한 가구들을 알아보았지만, 내 마음 안에서 흔
들리던 과거에 대해 줄리엣은 이제 잊은 듯이 보였거나, 아니면
일부러 우리의 생각이 그것에서 멀어지도록 노력하고 있는 것 같
았습니다.

열두 살과 열세 살의 두 소년이 계단에서 놀고 있었고, 줄리엣
은 그들을 나에게 소개하기 위해 불렀습니다. 그녀의 자녀들 중
가장 나이가 많은 맏딸인 리즈는 아버지와 함께 애그리브로 갔다
고 합니다. 또 다른 열 살짜리 소년이 산책을 마치고 곧 돌아올
것이라고 했는데, 그 소년을 줄리엣이 마지막 편지에서 우리 가족
의 슬픔을 전할 때 언급했었습니다. 해산이 가까웠다던 그 아이
였습니다. 줄리엣의 마지막 출산에는 약간의 문제가 있었고, 그래

서 줄리엣은 그 영향으로 오랫동안 고생했습니다. 그러던 중 작년에는 그녀가 생각지도 못한 상황에서 여자아이를 출산했는데, 그녀의 말을 듣자니 그 아이를 다른 자녀들보다 더 예뻐하는 것 같았습니다.

"내 방, 그 애가 자고 있는 방이 요 옆에 있어요."

줄리엣이 말했습니다.

"가서 그 애를 만나보세요."

그리고 내가 그녀를 따라가자,

"제롬, 오빠에게 편지를 쓰지는 못했지만, 아기의 대부가 되어 줄 수 있어요?"

"그럼, 기꺼이, 원한다면."

내가 약간 놀라며 요람 위로 몸을 기울이며 말했습니다.

"내 대녀의 이름이 뭐야?"

"알리사……"

줄리엣이 속삭이듯이 말했습니다.

"그 애는 알리사 언니를 좀 닮지 않았나요?"

나는 대답하지 않고 줄리엣의 손을 꼭 쥐었습니다. 그녀의 어머니가 들어 올린 작은 알리사는 눈을 떴고, 나는 그 애를 내 품에 안았습니다.

"오빠는 훌륭한 아버지가 될 거예요!"

줄리엣이 웃어 보이려고 애쓰며 말했습니다.

"오빠는 언제쯤 결혼하실 거예요?"

“많은 것들을 잊어버리면,”

내가 대답하자 그녀의 얼굴이 불긋해지는 모습을 지켜보았습니다.

“곧 잊히기를 바라세요?”

“절대 잊고 싶지 않은 것들이야.”

“여기로 오세요.”

줄리엣이 갑자기 말했습니다. 그리고 작은 방으로 나를 이끌었습니다. 그 방은 이미 어두운 상태였고, 한 문은 그녀의 침실로, 또 다른 문은 응접실로 이어졌습니다.

“이곳은 내가 혼자만의 시간을 가지고 싶을 때 숨어들어오는 곳이에요. 집에서 가장 조용한 방이고, 여기서는 거의 삶으로부터 보호받는 기분이 들어요.”

이 작은 응접실의 창문은 다른 방들과 달리 마을의 소음이 아닌 나무가 심겨진 일종의 안마당 같은 곳으로 향해 있었습니다.

“앉아보세요.”

그녀가 팔걸이의자에 앉으며 말했습니다.

“내가 제대로 이해했다면, 오빠는 알리사 언니에 대한 기억에 충실하려고 하는 거죠?”

나는 잠시 대답하지 못하고 멈춰 있었습니다.

“오히려 아마 그녀가 나에게 갖고 있는 생각일지도 모르지……. 아니, 내가 어떤 칭찬받을만한 일을 한다고 생각하지는 말아줘. 나는 그럴 수밖에 없었다고 생각해. 만약 내가 다른 여자와 결혼했다면, 나는 그녀를 사랑하는 척할 수밖에 없었을 거야."

"아!"

줄리엣은 무심하게 대답한 후, 얼굴을 나에게서 돌리고 땅을 향해 구부렸습니다. 마치 잃어버린 무엇인가를 찾으려는 듯이.

"그럼 오빠는 누군가가 절망적인 사랑을 그렇게 오랫동안 가슴에 품고 있을 수 있다고 생각하는 건가요?"

"그래, 줄리엣."

"그리고 그 사랑이 매일 매일의 삶에 의해 숨을 쉬지만, 소멸되지 않을 수도 있다고 생각하는 건가요?"

저녁은 잿빛 조수처럼 천천히 다가와, 각 객체에 닿아 그것들을 넘치게 하며 어둠 속에서 다시 생명력을 느끼게 하고 자신의 과거 이야기를 속삭이듯 반복하게 했습니다. 다시 한 번 알리사의 방을 보았고, 줄리엣이 여기 모아둔 모든 가구들이 보였습니다. 그러고 나서 줄리엣은 다시 나를 향해 얼굴을 돌렸지만 너무 어두워 그녀의 특징을 구별할 수 없어서 그녀가 눈을 감고 있는지 아닌지 알 수 없었습니다. 나는 줄리엣이 매우 아름답다고 생각했습니다. 그리고 이제 우리는 모두 말없이 남아 있었습니다.

"자!"

줄리엣이 마침내 침묵을 깨고 말했습니다.

"우리는 이제 잠에서 깨어나야 해요……."

줄리엣이 일어나는 것을 보았고, 앞으로 한 발짝 내디딘 후 힘이 없는 듯 가장 가까운 의자에 다시 주저앉았습니다. 줄리엣은 얼굴에 손을 올렸기에, 나는 그녀가 울고 있는 것 같다고 생각했습니다.

한 하인이 등불을 들고 들어왔습니다.

1869년	11월 22일 프랑스 파리 메디치 걸이에서 출생했다. 아버지는 파리대학 법과 교수이자 신교도, 어머니는 노르망디의 에두아르 롱드 출신의 구교도이다.
1877년	파리의 알자스 학교 입학
1880년	10월 28일 아버님 작고.
1891년	파리대학 철학과 입학. 〈앙드레 왈테르의 수기〉 익명 출간
1892년	〈앙드레 왈테르의 시〉 익명 출간
1893년	〈연인들의 기도〉, 〈위리앵의 여행〉 출간
1895년	5월 어머님 작고. 10월 8일 외사촌 누이 마들렌느 롱드와 결혼. 〈팔뤼드〉 출간1902년 1월 〈배덕자〉 출간
1903년	희곡 〈사울〉, 〈변명〉 출간
1905년	〈좁은 문〉 집필 시작
1906년	〈아민타스〉 출간
1909년	〈좁은 문〉 출간
1910년	〈오스카 와일드〉 출간
1914년	〈교황청의 지하도〉 출간
1919년	〈전원 교향곡〉 출간
1923년	1월 엘리자베드와의 사이에서 딸 카트리느 출생
1924년	〈엥시당스〉 출간
1927년	〈콩고 기행〉 출간
1929년	〈여성의 학교〉, 〈로베르〉, 〈편견 없는 정신〉 출간
1935년	〈새로운 양식〉 출간
1936년	11월 〈소련 기행〉 출간
1938년	4월, 아내 마들렌느 사망

1943년   〈가상 회견기〉 출간
1945년   프랑크푸르트 시로부터 괴테 훈장 받음
1947년   6월 옥스퍼드 대학에서 명예박사 학위 받음. 11월 노벨문학상 수상
1951년   2월 19일 파리의 자택에서 사망, 2월 22일 퀴베르빌에 묻힘.
          사후에 〈이제 그 여자는 당신의 품에 있노라〉 출간

좁은 문

초판 1쇄 인쇄 2025년 9월 22일
초판 1쇄 발행 2025년 9월 29일

지은이 앙드레 지드
옮긴이 김진형
펴낸이 이효원
편집인 김성규
디자인 기린
펴낸곳 올리버
출판등록 제395-2022-000125호
주소 경기도 고양시 덕양구 삼송로 222, 101동 305호(삼송동, 현대헤리엇)
전화 070-8279-7311   **팩스** 02-6008-0834
전자우편 tcbook@naver.com

ISBN 979-11-94381-59-4 04080
       979-11-89550-89-9 (세트)

올리버 세계교양전집 목록